Paul Kuschewski Frank, Erol und ich

Paul Kuschewski

Frank, Erol und ich
5. Auflage

IDEA
Edition Pega

Die Deutsche Bibliothek – CIPEinheitsaufnahme
Kuschewski, Paul
Frank, Erol und ich
Paul Kuschewski – Palsweis, IDEA 2018
ISBN 978-3-88793-165-0

ISBN 978-3-88793-165-0
© 2001 IDEA Verlag GmbH, Puchheim
2. Auflage 2003
3. Auflage 2005
4. Auflage 2009
Edition Pega
C 2018 IDEA Verlag GmbH, Palsweis
5.Auflage 20018
www.idea-verlag.de
Alle Rechte vorbehalten

Vorwort

Ein Dankeschön an Frank Haßler und an Erol Yasar Yenigün. Die beiden haben dafür gesorgt, daß ich einen lustigen und coolen Sommer erlebte.

Der krönende Abschluß war natürlich die Reise.

Auch ein Lob und Dankeschön an Nicola Frechen (Ramila). Eine ebenfalls gute Freundin, die mir geholfen hat, mein Tagebuch in ein Manuskript zu übersetzen.

Allen Leserinnen und Lesern, die sich in diese Story hineinversetzen können, wünsche ich viel Vergnügen.

Paul Kuschewski

2. Juni 1998

Geplant ist eine Fahrt in die Algarve, in Nordportugal, Frank und ich natürlich. Jo!
Erst wollen wir alleine da hin, in die Algarve nämlich, in Nordportugal nämlich, jo!
Also treffen wir uns am Rhein, auf dem Mäuerchen vor der Rheinschule, in Sichtweite der Mülheimer Selbstmordbrücke (ohne Flax, hier sind schon zig Leute runtergesprungen). Köln Mülheim ist gemeint, wohlgemerkt. Alle unsere Freunde, der Mülheimer Mop, haben sich versammelt, um uns zu verabschieden, mit Gilden Kölsch natürlich. Ich habe meine Sachen noch nicht dabei, denn noch glaube ich Frank nicht so richtig, daß er sein (und mein) Vorhaben auch wirklich ausführen wird. Als er jedoch erscheint, wird mir klar, daß es nun tatsächlich soweit ist, der Tag unserer Abreise ist gekommen. Frank und ich natürlich. Beide stoned aber-frag-nicht-nach-Sonnenschein. Erst mal will ich trotzdem nicht mit, in die Algarve nämlich, in Nordportugal, mit Frank, jo....weil ich so breit bin und überhaupt. Aber dann doch. Ein letzter Zug durch die Gemeinde wird gestartet, ich muß eh noch meinen Rucksack holen, sowie das Zelt meines kleinen großen Bruders. Als wir es schließlich bis zur Mütze geschafft haben (eine Kombination aus Arbeitslosentreff und Café), steht mit einemal Erol vor uns, ein Schlafsack baumelt auf seinem Rücken......"Habt ihr was dagegen, wenn ich mitfahre?" fragt er schlicht.
Da ist natürlich klar, daß wir jetzt zu Dritt fahren. Frank, Erol und ich natürlich.....ab in die Algarve.....Sonnenschein und fröhlich sein.....jetzt aber erst mal zu Fuß zum Kölner Hauptbahnhof, denn zumindest ich habe kaum Geld in der Tasche (wie die anderen übrigens auch), aber dafür noch ein volles Briefchen Zappelpulver (wie die anderen übrigens auch). Sparsamkeit ist angesagt.

Deswegen also zu Fuß, Ihr versteht? Kaum Knete, aber sehr viel Energie. Frank kommt eine Stunde vor uns am Bahnhof an und rennt ein paar Runden um den Kölner Dom herum.

3. Juni 1998

Es dämmert, Morgendämmerung, wohlgemerkt. Wir sitzen immer noch am Dom, spielen Gitarre (Karl D.), schwatzen, lachen und so. Wir sind schon weit gekommen. Frank, Erol und ich natürlich. Ab in die Algarve....Jo!!

Sooo. Die erste Kontrolle in Form von zwei Bullen kommt auf uns zu – immer noch am Bahnhof. „Wo ist Frank?" Erol hebt die Achseln. „Eine Frau? Was weiß ich!" Die Bullen sind ziemlich nett, auch dann noch, als Frank zurückgezappelt kommt. Sie durchsuchen uns glücklicherweise nicht.

Die Sonne geht auf und immer noch Germany.

Jetzt aber los. Tickets bis nach Luxemburg haben wir schon in der Tasche, nur schnell raus aus Germany. Wir also rein in den Zug, ein Abteil besetzt und unsere zittrigen Hirne mit flüssigem Brot – Bier, ist doch klar – gesättigt, die hungrigen Nasen gefüllt und los geht's.....Frank, Erol und ich natürlich. Ab in die Algarve!

9 Uhr 22. Ankunft in Luxemburg. Geplant war zwar Luxemburg/Stadt......irgendwas haben wir aber wohl falsch verstanden und landen eine Station vor Luxemburg/Stadt, immer noch zappelnd, auf dem fast platten Land. Jetzt müssen wir also erst mal ein bißchen laufen. Ein paar Stunden oder so, ist Frank sich sicher. Ich kann ihn nach zehn Minuten schon nicht mehr sehen, Erol kann sich nicht entscheiden, ob er ihm folgen oder auf mich warten soll, und ich.....Paul ist faul. Der Gitarrenkoffer, 1985 gekauft, wird immer schwerer. Nach einer, wie mir scheint, ziemlich langen Zeit renne ich in zwei Typen rein.

„Da seid ihr ja!" ich freue mich, meine Kameraden wieder zu sehen.

„Nase raus!" intoniert Frank, der schon immer die Gabe hatte, den Daumen auf den Kern der Sache zu legen. Während Erol sich als letzter niederläßt, bereite ich schon die allerletzte Zappelnase. „Wie, echt schon die letzte?" (Originalton Frank, seine Augen drohen ihm aus dem Kopf zu springen). Aber noch sind wir die Kings, voll auf Sendung.

Trotz Franks vielfingeriger Hilfe und Erols redegewandten Ideen schaffen wir es nicht, den Gitarrenkoffer in einen Rucksack zu verwandeln. Paul-Schnelle-Entscheidung läßt ihn kurzerhand zurück. Und jetzt wieder ab dafür. Wohlgemut schreiten wir voran. Frank, Erol und ich natürlich. Ab in die Algarve. Frank kann ich nach zehn Minuten schon nicht mehr sehen, Erol kann sich nicht entscheiden, ob er ihm folgen oder auf mich warten soll, und ich....Paul ist faul.

„Das ist Luxemburg!" höre ich und renne in zwei Typen rein. Ca. 30 km von Thionville entfernt schmeiße ich meine Schuhe weg. Ich hab' ja schließlich noch Badelatschen. 15 Uhr, es reicht für heute. „Ming Fööss dun wie!" jammere ich nicht zum ersten mal. „Ich geh' keinen Schritt mehr."

Frank titscht um uns herum und fuchtelt wild mit den Armen in Richtung einer Bushaltestelle. Wir da hin.....zack.....ein Wunder.....jo! Wir warten, Frank, Erol und ich natürlich. Ab in die Algarve! Wir warten auf den Bus. Franks Füße laufen eine tiefe Rinne um das verlotterte, löcherige Haltestellenhäuschen herum, das, wenn ich es mir heute so vorstelle, definitiv so ausgesehen hat, als hätte hier schon lange, lange kein einziger Bus mehr angehalten. „Hier ist kein Fahrplan!" ertönt es immer mal wieder von irgendwoher. Wir warten...

Und auf einmal stehen sie vor uns.....mit Waffen. Ich erinnere mich an vier, Erol schwankt zwischen vier und dreißig Leuten, Frank ist heute noch davon überzeugt, daß es mindestens vierzig gewesen sind. Auch einen Panzer will er gehört haben, oder war es vielleicht ein Hubschrauber im Flüstermodus, Cruise Missiles?

„Die machen doch immer noch Atomversuche, die Franzosen", flüstert er mir gellend ins Ohr. Letztendlich war es lediglich ein PKW voller Militärjungs. Doch die Waffen, Maschinenpistolen, um genau zu sein, sind absolut real. Nachdem die Jungs damit eine Weile lang gewichtig vor unseren triefenden Nasen herumgefuchtelt haben, besteigen sie ihren schlotternden PKW und brausen in einer Staubwolke vondannen, uns drei fassungslos mitten in der Pampa zurücklassend.

Erol ist auf einmal ganz aufgeregt. „Wieso sind wir eigentlich schon in Frankreich? fragt er, als er endlich kapiert hat, was Ambach ist und schmeißt ebenfalls seine Schuhe weg. Ich kann mir zwar auch nicht so recht erklären, warum wir auf einmal in Frankreich sind, ohne an einer Passkontrolle vorüber gekommen zu sein, halte aber wohlweislich meinen Mund. Vielleicht war das ja auch die Kontrolle. Wer weiß? Andere Länder, andere Sitten.

Jetzt ist jedenfalls wieder alles gut, aber erst mal müssen wir noch ein kleines bißchen laufen, so 10 km oder so, wie Frank uns mitteilt. „Ich hab' aber Hunger!" brülle ich seinem schwindenden Rücken hinterher. Erol dreht sich auf halbem Weg zwischen ihm und mir nicht einmal um, brüllt jedoch zurück: „Wir kriegen jetzt nix mehr!"

„Ich bin müde, und mir ist jetzt alles egal!" jammere ich lautstark – (ich wohne übrigens immer noch bei meiner Mam, auch wenn ich zur Zeit eine eigene Wohnung habe. Aber da gibt's nix zu essen, wenn Ihr versteht, was ich meine). Derweil ich also so an den gefüllten Kühlschrank daheim bei meiner Mam denke, taucht über einem dichten Gebüsch links von mir ein körperlos auf und ab hüpfender Kopf auf.

Erschrocken schreie ich: „Erol! Da sieht einer aus wie der Frank!"

„Paul!" schreit Erol zurück. „Das ist der Frank!" Jetzt sehe ich auch, daß Erol schon auf dem Weg zu besagtem Gebüsch ist und im Gehen seinen Schlafsack entrollt.

Wenig später schlummern wir auch schon ein. Wir alle sind ziemlich erschöpft von unserem ersten Reisetag. Ich meine fast, Nudeln riechen zu können, oder ist es der Weihnachtsbraten vom vergangenen Winter? (schmacht)
„Nacht", murmelt jemand.
„Ja, es reicht auch", murmelt jemand anderes zurück.
In der Nacht, die übrigens von Sternen übersät ist, wie das im Süden so üblich ist, krabbeln Spinnen und Schnecken über uns hinweg. Ich bin so müde, daß ich es gar nicht so schlimm finde. Frank findet es schlimm. Ab und zu, so etwa jede halbe Stunde, springt er auf (Frank hat keinen Schlafsack. Der Freak schläft auf seiner bekackten silbernen Folie, eingerollt wie ein Fetus), und rennt eine Weile laut fluchend umher. Das ist nicht so schlimm, finde ich. Was ich jedoch ziemlich schlimm finde, ist das laute Klatschen seiner Hände auf den von Schneckenschleimspuren klebrigen Oberschenkeln. Nach mehreren Stunden, wie mir scheint, wiegt es mich dann jedoch sanft in den Schlaf zurück, während ich noch am Rande – zwischen Kühlschranktraum und brotloser Realität – dem sanften Stimmengemurmel meiner Kumpanen lausche.
„Frank!" Erol dreht sich brummend im Schlafsack um. „Erol?" fragt Frank in die Stille hinein. „Und ich!" geht mir noch durch den Kopf, bevor ich das Pochen meiner Füße nicht mehr wahrnehme. Natürlich träumen wir alle in dieser Nacht von der Algarve, die, wie Frank uns versichert hat, in Nordportugal liegt, abgesehen einmal von meinen privaten Kühlschrankträumen. Es sollen noch viele Nächte kommen.

4. Juni 1998

„Guten Morgen", sagt Frank ungeduldig.
„Kein Kaffee?" frage ich zurück und schäle mich aus meinem dampfenden Schlafsack. Unsere Nasen sind geschwollen.

„Und kein Essen", ertönt es aus Erols Richtung, der sich soeben stirnrunzelnd das allgemeine Insektenmassaker in seinem Schlafsack betrachtet.

„Aber dafür dürft ihr wieder laufen!" höre ich Franks körperlose Stimme von ferne rufen. Seine Schlafmatte ist nicht mehr da, Frank auch nicht. Frank ist schon auf dem Weg durch die dürre Wildnis, die uns von allen Seiten umringt, soweit unsere gequälten Augen reichen. Mürrisch sammeln Erol und ich unseren Kram zusammen, ich schlüpfe stöhnend in meine Badelatschen und ab dafür. Frank kann ich schon nicht mehr sehen, Erol versucht sich zu entscheiden, und ich.....Paul ist faul.

Nach etwa 5 Kilometern gelangen wir nach und nach in ein Kuhdorf, wortwörtlich. Frank sitzt bereits vor einer geschlossenen Bäckerei. „Die macht gleich auf", tönt er uns entgegen, derweil sein zuckender Blick damit beschäftigt ist, so viele Dinge wie nur irgend möglich auf einmal zu betrachten. Frank ist wirklich schnell, auch im Normalzustand. Erol hat auch Hunger. Ich schlurfe badelatschig herbei, hebe den Kopf und frage: „Boh, ess dat ech 'en Bäckerei? Wieso ist die denn zu?" Erol stöhnt, Frank hüpft im Dorf umher.

Wie das Glück es will, öffnet die Bäckerei schon nach wenigen Augenblicken ihre duftenden Pforten. Während ich noch dabei bin, mich vom Boden zu erheben, die Kühlschrankträume ließen mich in der vergangenen Nacht kaum zur Ruhe kommen, eilt Frank auch schon mit einem dampfenden Baguette in den Händen wieder aus dem Inneren des Ladens heraus. Ich hab' keine Ahnung, wie er das immer macht. Egal, endlich Frühstück, endlich trinken, aber diesmal etwas anderes als Bier: kalter Kakao, kalte Milch...Käse, hmmm, lecker Baguette und, und, und....Jeder für sich, versteht sich, aber dann doch wieder alles in einen Topf – weil, hm, naja, zugegebenermaßen sind meine Vorräte immer ziemlich schnell weg.

Weil Milchprodukte den Gaumen mit einer dicken Schleimschicht überziehen, erstehen wir jeder noch ein bis zwei

Sechserpacks des landesüblichen Bieres, und als direkt vor unserer Nase überraschender Weise ein staubiger Bus zum Stehen kommt, der zu allem Überfluß auch noch nach Thionville/Stadt fährt, sind wir bereits wieder voll auf Sendung. Die Könige von Köln/Mülheim besteigen hochherrschaftsvoll (gedröhnt) den Bus und erstehen beim konsterniert dreinschauenden Busfahrer ein Ticket – so ziemlich das letzte auf unserer Reise in die Algarve. Ab dafür. Frank, Erol und ich natürlich. Ab in die Algarve.

Thionville/Stadt....Innenstadt....sehr schöne Innenstadt.....echt klasse sieht es da aus, hat mir gut gefallen, besonders das Schuhgeschäft, in dem ich meine Badelatschen gegen ein paar halbwegs vernünftige Wanderschuhe eintausche, die ich übrigens immer noch habe.

Danach suchen wir erst mal einen Supermarkt, denn wir sind mittlerweile schon wieder beängstigend nüchtern (außerdem habe ich für meinen Teil großen Hunger). Wir befragen eine Menge Leute nach dem Weg, aber die Franzosen haben es nicht so mit Wegbeschreibungen, mal abgesehen davon, daß dieses Volk es nicht für nötig zu erachten scheint, eine andere als die eigene Sprache zu lernen und wir selbstverständlich kein Französisch sprechen. Sie führen uns also in allerlei Richtungen, nur nicht zu einem Supermarkt. Schließlich haben wir die Nase (leider nicht in einer ganz bestimmten Hinsicht) voll und fragen kurzerhand einen Taxifahrer. Die wissen doch immer Bescheid.

„Supermarket?" Frank ist unser Wortführer.

Der Taxifahrer streckt gelangweilt die Hand aus und weist auf ein Schild mit der klangvollen Aufschrift ‚Atak', das so ziemlich genau vor unseren Nasen thront.

„Attacke!" brüllt Frank und ist schon verschwunden.

„Attacke!" Erol rennt hinterher. Wo hat der auf einmal das Pferd her? denke ich.

„Attacke!" brülle auch ich und lasse den verdutzten Taxifahrer ohne ein Wort des Dankes zurück.

Da Thionville auch einen Bahnhof besitzt, Jubel, Trubel, Heiterkeit, nutzen wir ihn natürlich und erstehen ein Ticket bis Bordeaux, im Süden Frankreichs gelegen, wo wir aber noch lange nicht ankommen werden, denn irgendetwas haben wir wohl wieder mal falsch verstanden. Jo.....

Wir sitzen im Zug.

„Zwischenstation Paris...Paris......Pariiis!" Erol ist ganz aus dem Häuschen. Er muß wohl nicht mehr daran geglaubt haben, daß wir überhaupt noch so weit kommen würden. Um 16 Uhr 20, immer noch im Zug, muß Frank auf's Klo, was wir bereits seit einer geraumen Zeit wissen, die umliegenden Abteile wahrscheinlich auch. Als er nach weiteren 10 Minuten zu uns zurückkehrt, setzt er sich auf seinen Platz und schweigt....grinsend.....lange......bis Paris, um genau zu sein. Es ist nicht schwer, zu erraten, in welchem Zustand er sich befindet. Frank schweigt nur aus einem Grund, wenn er bekifft ist.

Schließlich zockeln wir in den Hauptbahnhof von Paris ein. Endhaltestelle! Alles aussteigen!

Paris ist eine Stadt mit unglaublich vielen Menschen, naja, Müllem ess och nit schlääsch, aber ein paar Tage vor der Fußball-WM?....tja.....da ist Paris schon 'ne Nummer. (Nicht, daß Ihr denkt, ich wäre schon einmal in der Stadt der Liebe gewesen.) (Doch).

Wir aber erst mal raus aus dem Zug, ab in die Bahnhofshalle, auf der Suche nach den Fahrplänen, denn wir müssen in ca. einer Stunde mit einem anderen Zug weiter, nach Bordeaux. Frank hat, wie immer, alles fest im Griff.

„Woröm künne die dat dann nit mit einem Zoch maache....?" rufe ich Franks Glatze hinterher, die ich nur noch von weitem ab und an über der Menschenmasse auftauchen sehe. „Wat ess dann met dem loss?" ratsuchend drehe ich mich nach Erol um.

„Nachschub...." sagt er, ein süffisantes Lächeln auf dem Gesicht. Sein Zopf sieht ziemlich desolat aus, der Rest auch....

Während Erol kichernd über unserem Klamottenhaufen zusammenbricht, schlendere ich lässig, weltmännisch, man tut halt, was man kann, in Richtung Fahrplan. Ich kneife die Augen zusammen, gehe den Plan mehrere Male hintereinander durch, von links nach rechts, von rechts nach links, von oben nach unten, querbeet, panisch, total hysterisch......bis mir endlich klar wird, daß wir am falschen Bahnhof sind, denn, wie Ihr sicher alle wißt, wozu sind schließlich Erdkundelehrer da, hat Paris, so über den Daumen gepeilt, ungefähr vier oder fünf Sackgassen-Bahnhöfe. Ich hasse Sackgassen! Frank, Erol und ich natürlich. Ab in die Algarve. Oder?

Jo......alles klar, kein Problem.

„Erol!" brülle ich, gar nicht weltmännisch, quer durch die Halle.

„Häää?" lallt er einmal im Kreis.

„Mir sin he falsch!"

„Hääääää????" verwirrt verscheucht Erol eine dicke, in den phantastischsten Farben schillernde Fliege von seinem Kopf und starrt mich mit ziemlich großen Augen an, und wer Erol kennt, weiß, daß er eh ganz schön große Augen hat.

„Mir sin he falsch....!" fahre ich ihn an. „Paris hät nur Sackjass-Bahnhöff, du Esel! Un mir müsse in su unjefehr 45 Minute op de anderen Sick sin! Un de Frank ess nit dooo!!!" Meine Stimme ist mit jedem Wort ein wenig schriller geworden, und um uns herum ist es mit einemmal beeindruckend still.

Wir warten. Wir warten auf Frank-Morgen-Schon-Da. Wir warten 10 Minuten auf Frank-Morgen-Schon da. Wir warten 20 Minuten auf Frank-Gleich-Iss-Vorbei. Wir warten geschlagene 35 Minuten auf Frank-Maach-Dat-De-Fott-Küss. Zu spät. Als Franks strahlendes Gesicht endlich in der Menge auftaucht, sind es noch 10 Minuten, bis unser Anschlußzug den Bahnhof Montparnasse Bienvenue verlassen wird. Nachdem wir ihm mehr oder weniger aufgebracht, beide gleichzeitig, versteht sich, erzählt haben, warum wir Sackgassen hassen, fängt auch Frank an, sie mit ganz anderen Augen zu sehen.

„Mir sin am falsche Bahnhoff", sage ich ein letztes Mal. Franks Grinsen ist wie eingefroren. Schultern und Kiefer herabgesackt.
„Häää?" Ich habe ein Déjà-vu.

Während ich langsam meinen Krempel zusammenraffe, suche ich im Stillen nach einer Entschuldigung für die Unfähigkeit dreier erwachsener Männer, einen geraden Weg von Köln/Hauptbahnhof bis in die Algarve (wo immer das sein mag) zu finden und sage zu Frank: „Die Franzosen han äver och en merkwürdije Aart, deutsche Freaks de Wäch zo erkläre."

„Jagen uns von Ort zu Ort, und wir kommen keinen Meter fort", erwidert Frank in poetischer Stimmung.

„Aber bezahlen", erschallt Erols basslastige Stimme von den tieferen Rängen.

Ratlos stehen wir eine Weile in der Gegend herum und schließlich bringt Frank es mal wieder auf den Punkt. „Egal. Auf zur Metro!" Hastig grapschen Erol und ich unser restliches Zeug und jagen hinter Frank her, den wir gerade noch um die rechte Ecke des gigantischen Ausgangs hüpfen sehen.

Joo......Wir also in die Metro rein.....stutz? Da sind ja Sperren! Wir, nicht dumm, schlüpfen irgendwie durch (was weiß ich?).....laufen Gänge hier und da lang. Franks Schritte schallen uns immer von jenseits irgendeiner Biegung entgegen, und nach einigen Runden durch die Unendlichkeit des Pariser U-Bahn-Labyrinths landen wir schließlich an der richtigen Station. Frank, rastlos von einem Fuß auf den anderen wippend, erwartet uns bereits.

Irgendwann kommt die Metro, und wir kämpfen uns mit Sack und Pack durch eine überaus dichte Menschenansammlung - wie ich bereits erwähnte, gibt es in Paris erstaunlich viele Menschen -, bis wir feststellen, daß all diese Peoples in eben diese Metro wollen. Quetsch, drängel, schieb, uff.....geschafft. Paul-Schnelle-Entscheidung sitzt, Sack und Pack auf dem Schoß.

Und dann passiert es....Pink lady steht vor uns! Was für eine Braut.....zack......drei Kinnladen klappen unisono herunter.....Pink Lady, eine Frau, für die es keine Worte gibt - Paul findet jedoch immer welche! Echt, ohne Flax, und ich weiß, wovon ich rede, das könnt Ihr mir glauben, warum auch sonst hieße ich wohl Paul-Schnelle-Entscheidung? (Übrigens gibt es in Köln/Mülheim, da, wo ich herkomme, so.....über den Daumen gepeilt, zwischen 4 und 6 jugendliche Gesichter, die mir verblüffend ähnlich sehen).

Tja, und jetzt? Was soll ein Mann von einigem Charme, ein Mann der Tat, redegewandt und dummdreist, in einer solchen Situation tun? Schluck, schwitz, starr, sabber.....Nichts! Jawohl, nichts! Nur glotzen, glotzen, glotzen....

Etwas Spitzes trifft von der Seite auf meine schweißgetränkten Rippen, Erols eindringliche Art, mir begreiflich zu machen, daß wir aussteigen müssen. „Jetzt schon?" sabbere ich, den Blick fest auf Pink Lady gerichtet. Ein letzter Blick, Django, alias Paul Kuschewski, alias Paul-Schnelle-Entscheidung, pustet den Rauch aus dem Pistolenlauf. Ich schnappe Sack und Pack und folge ächzend meinen Blutsbrüdern. Ich weiß, wo mein Platz ist. Frank, Erol und ich natürlich. Ab in die Algarve.

Wir steigen also aus der Metro, hasten Franks davoneilenden Schritten hinterher, laufen Gänge hier lang und da lang und landen nach einigen Runden durch die Unendlichkeit des Pariser U-Bahn-Labyrinths letztlich wieder über der Erde, Gare du Montparnasse Bienvenue.

„Wow!" Erols Kiefer klappt erneut herunter.

„Ganz schön was los hier", ergänze ich fachmännisch seine Aussage. Sogar Franks Füße stehen einen Moment lang still unter seinen rastlos zitternden Beinen. Als wir uns endlich wieder gefaßt haben, gehen wir über einen gigantischen, wie mir scheint, ausschließlich von den schönsten Frauen der Welt bevölkerten Bahnhofsvorplatz, durch ein ebenso gigantisches Portal hinein in das absolut gigantischste Bahnhofsgebäude, das ich jemals gesehen habe.

Und wieder einmal stehen wir fassungslos vor einem Fahrplan. Pink Lady ist im Geiste bei uns, besonders bei mir und Frank, der ausnahmsweise nicht schon dreizehn Schritte vor uns ist. Wir suchen nach unserem Anschlußzug. Natürlich ist er weg....warum auch nicht, ist doch bisher alles glatt gelaufen, da kann uns doch so ein kleines Mallörchen nicht schocken. Glücklicherweise können wir mit unseren Tickets auch den nächsten Zug besteigen. Die Franzosen sind also doch keine Hinterwäldler, oder liegt es an unserer Aura, daß sie uns diesbezüglich keine Schwierigkeiten machen? Auf jeden Fall zockeln wir sogleich in Richtung Bahnsteig. Diesmal wollen wir alles richtig machen. Jo.....

Wir müssen auch gar nicht lange warten. Der Zug fährt ein, der Zug nach Bordeaux! Jetzt klappts! Da sind wir uns ganz sicher.

Derweil wir uns in einem netten Abteil einrichten, beschäftigt sich Franks routinierter Geist schon mal damit, die Renovierungsmaßnahmen durchzuplanen, die wir am Haus seiner Mutter vornehmen sollen, was nämlich der eigentliche Anlaß unserer Reise ist. Das Haus seiner Mutter liegt in der Algarve, wo immer das sein mag. Aber Frank weiß ja Bescheid. Frank ist sogar noch weltmännischer als ich. Frank ist mein Freund. Ich vertraue Frank.

Erol bringt seinen Zopf in Ordnung, den Rest auch und ich versuche, Pink Lady zu verarbeiten.

Immer noch am gleichen Tag, gegen 20 Uhr 50, genau genommen (steht in meinem Tagebuch), kommen wir endlich in Bordeaux an. Frank, Erol und ich natürlich. Ab in die Algarve.

Der Bahnhof von Bordeaux ist alt, sehr alt, aber keine Sackgasse.....Pink lady ist nirgends zu sehen, aber ich weiß mittlerweile, daß ich sie immer in meinem Herzen tragen werde....seufz. Schade eigentlich, daß ich sie nicht angesprochen habe, aber dafür steht jetzt und hier eine Punkerin vor uns, vor Frank vielmehr. Sie ist eher klein - zumindest kleiner als Pink lady -, mit kurzen, bunt verwaschenen Haaren, die Hose selbstverständlich kaputt, wie sich das für eine echte Punkerin gehört. Auch der obligatorische Floh-Köter wimmelt um ihre Beine herum. Die Punkerin hat Hummeln im Arsch......wie Frank. Zwei verwandte Seelen haben sich gefunden, und vor unseren müden, versoffenen Augen beginnt ein erstaunliches Pas de Deux. Frank-Morgen-Schon-Da kramt seine verschütteten Englisch-Kenntnisse hervor und verbringt zappelnd und zuckend die folgenden zwei Stunden damit, sich im Hochgeschwindigkeits-Tempo mit der ebenfalls zappelnden und zuckenden Punkerin auszutauschen, die für ihn noch atemberaubender zu sein scheint als eine Pink lady, die mit feuchten Augen jedes Wort von seinen Lippen klaubt. Erol und ich stehen eine Weile dumm rum, dann sitzen wir eine Weile dumm rum, dann geht Erol-Wachsamer-Elch endlich Kaffee holen. Paul-Schnelle-Entscheidung atmet erleichtert auf (die faule Sau).

Karl D., mein absolutes Lieblingslied auf der Gitarre, bleibt an diesem Abend stumm. Ich bin zu erschöpft und bewege meinen zerschundenen Körper in den folgenden Stunden so wenig, wie irgend möglich, denn ich weiß sehr wohl, daß ich all meine Kraft noch brauchen werde, wenn ich erst mal in der Algarve, wo immer das sein mag, angekommen bin. Aber Frank weiß ja Bescheid, da bin ich mir ganz sicher. Frank auch. Frank hat Ahnung. Frank ist übrigens der einzige von uns, der weiß, wo die Algarve liegt. In Nordportugal nämlich. Frank ist übrigens auch das einzige Familienmitglied seiner Sippschaft, der bisher noch nicht in dem neuen Haus im sonnigen Süden logiert hat. Er war noch nie in der Algarve....jo....

Naja, irgendwann verläßt Pink-Punk-Lady Frank, und er gesellt sich zu seinen ruhenden Genossen, um die nun folgenden Stunden damit zu verbringen, ihnen (uns) zu erzählen, was Pink-Punk-Lady ihm erzählt hat. Ich frage mich, wie er es geschafft haben mag, innerhalb von nur 2 Stunden, in denen beide Seelen fast ununterbrochen gleichzeitig aufeinander eingeredet haben, derart viele Informationen aus dem geflüsterten Wörter-Wust herauszufiltern, zumal Pink-Punk-Lady-Kläff-Köter die gesamte Dauer dieses intensiven Austausches hindurch damit verbrachte, seiner Lieblingsbeschäftigung nachzugehen: kläffen.

Ja, ja.....so, wat hammer jetz? Ach ja! Fazit des Ganzen war, daß sie ihm wohl irgendwie klar gemacht hatte, daß sie als ‚Blinde Passagierin' durch Europa reist.....alleine. Naja, bis auf ihren Wach-Kläff-Köter, der sie treuergeben vor jeder brenzligen Situation warnt.

Die muß ja ständig in brenzligen Situationen sein, denke ich. Der Köter hatte die vergangenen Stunden nonstop durchgekläfft.

Ein Geistesblitz durchzuckt eine meiner noch halbwegs intakten Gehirnhälften. „Wie, dat fährt schwaz? Dat maache mer jetz och!" Mit hocherhobenem Zeigefinger und blitzenden Augen sitze ich da, kerzengerade, beeindruckend......Paul-Schnelle-Entscheidung, de Django vun Müllem am Ring. (Mülheim am Rhein, Stadtteil von Köln, Colonia, erste Kolonie der Römer, oder?/ Anm. der Übersetzerin). Frank und Erol sind hellauf begeistert.

„Wie wär's denn erst mal mit 'ner Mütze Schlaf, sonst kommen wir nämlich nirgendwo mehr an." Diesmal trifft Erol den Kern der Sache.

„Na dann, gute Nacht", nuschelt Frank und rollt sich auf unserem Gepäck zusammen.

„Nacht", lalle auch ich und lasse mich von einem pinkfarbenen Schimmer ins Traumreich geleiten.

„Gute Nacht", seufzt Erol-Wachsamer-Elch, „ich übernehm' die erste Wache", und wacht.....bis zum nächsten Morgen.

5. Juni 1998

Verschlafen hieve ich meinen Oberkörper in die Vertikale und reibe mir die Sandkörnchen des Sandmännchens aus den Äuglein, die einen zartrosa Schimmer auf meinem ansonsten graubraun eingefärbten Handrücken hinterlassen. (Ich glaube an den Nikolaus!) Erol sitzt immer noch genauso da, wie am Abend zuvor. Die Beine untergeschlagen, den geraden Rücken gegen die kühle Wand gelehnt. Sein wachsamer Blick ist geradeaus in eine unbestimmte Ferne gerichtet. Für einen kurzen Moment vermeine ich das Aufblitzen von Stahl zu erkennen, der Bärentöter liegt in seinem Schoß, seine kraftvollen, staubstarrenden Hände halten das Heft fest in der Hand. In meinem Hinterkopf vernehme ich noch das volle, tiefe Lachen einer weiblichen Stimme. Wenn Stimmen Farben hätten, so wäre diese mit Sicherheit pink.

„Na, war's schön?" Erols wohltönende Stimme holt mich in die Realität zurück. Er hätte genausogut „Hugh!" sagen können.

„Wie?" stammele ich. „Was meinst du damit?"

„Hör mal zu, Paul-Schnelle-Entscheidung, du hast verdammt laut geschlafen. Und jede halbe Stunde kam das Wort pink in deinem Gebrabbel vor."

„Mir doch ejal!" Wütend wende ich mich ab und krame zutiefst getroffen ein bißchen in meinem Zeug herum.

„Wuff!!!" Kläffend fährt Frank-Morgen-Schon-Wach mit einem jähen Ruck aus dem Schlaf und läßt den wirren Kopf kreisen. Seine Nase glänzt irgendwie feucht, und er schnüffelt geräuschvoll an seinen Achselhöhlen. Ich fahre mir mit der Hand über die Augen. Irgendetwas riecht hier wirklich verdammt streng.

„Was würde ich jetzt darum geben, mir ein kühles Blondes in den Hals zu schütten", offenbart Frank uns und kratzt mit einem schwärzlichen Fingernagel die weißen Schleimkrusten aus seinen Mundwinkeln.

Gesagt, getan. Erol-Wachsamer-Elch greift neben sich und zwei glitzernde Dosen wirbeln durch die Luft, justamente in unsere gierig ausgestreckten Hände. Zisch....den Zipp gezogen.....Kopf in den Nacken.....ab dafür. Frank, Erol und ich natürlich. Ab in die Algarve.

Nach einem ausgiebigen Flüssig-Brot-Frühstück gehen wir, beladen wie immer, mit neuem Schwung in dieselbe Richtung, in die fast alle Leute auf diesem Bahnsteig sich bewegen. Da muß einfach ein Zug fahren, und das auch noch bald! Den haben wir dann auch genommen, er fuhr nämlich nach Dax-Wo-Immer-Das-Schon-Wieder-Sein-Mag, hatten wir vernommen, und Frank versicherte uns, Dax liege genau auf unserem Weg. Diesmal begeben wir uns ohne Tickets auf den Weg, versteht sich. Wir sind ja nicht blöde, oder?

Ja, ja, vom leckeren französischen Bierchen kommen wir gut drauf, fangen an zu lachen, und als wir feststellen, daß wir es sind, die hier so meilenweit gegen den Wind stinken, purzeln wir vor Lachen von den spartanischen, französischen Zugbänken und kugeln uns eine geraume Weile lang grölend im Staub. Frank furzt, Erol kneift die Beine zusammen und läßt seinem Mund einen ohrenbetäubenden Rülpser entschlüpfen. Ich finde das lustig, lustig, wirklich lustig. Das könnt Ihr wohl annehmen. Und dann muß ich ganz schnell pissen.

Glücklicherweise hat Erol während seiner ausdauernden Nachtwache für unser leibliches Wohl gesorgt, vornehmlich in flüssiger, goldgelber Form. Aber kalt ist unsere Zeche schon bei Fahrtantritt nicht mehr. Das, und die Tatsache, daß wir 12 Stunden auf diesem bekackten Bahnhof abgehangen haben, während die ganze Zeit über ein sintflutartiger Regen das allgemeine Bahnhofsgetöse noch unerträglicher machte, muß wohl dazu beigetragen haben, daß wir im nu wieder voll auf Sendung sind. Wir müssen verdammt laut gewesen sein, wenn Ihr versteht, was ich meine. Das war vielleicht auch der Grund dafür, daß wir auf dieser unserer Jungfernfahrt als blinde Passagiere von keinem der gefürchteten Männchen in Uniform belästigt wurden. Es war wirklich sehr, sehr lustig.

So gegen 12 Uhr 35, so genau kann keiner von uns mehr die Uhr entziffern, kurz nach dem Mittagsbier jedenfalls, kommen wir johlend in Dax-Irgendwo-Auf-Dem-Weg-In-Die-Algarve-Wo-Immer-Das-Sein-Mag an. Frohgelaunt vor uns hin kichernd, drängeln wir uns aneinander vorbei, dem Ausgang entgegen. Frank ist immer noch bei uns, er war die ganzen 3 Stunden Fahrt nicht ein einziges Mal weg. Ich schreibe diesen ungewöhnlichen Umstand dem positiven Einfluß von Pink-Punk-Lady zu, bei der er sich am vorangegangenen Abend wohl ziemlich verausgabt haben muß. So kenne ich Frank gar nicht. Aber ich soll noch einige dunkle Seiten an meinem Freund und Kumpel kennenlernen.

Es hätte nicht viel gefehlt, und wir wären allesamt aus dem Zug gefallen, was natürlich wieder sehr, sehr lustig ist. Dann jedoch stehen wir wieder mal auf einem Bahnsteig. Erol gluckst noch ein wenig, Frank wischt sich eine Träne von der grauen Backe. Paul-Schnelle-Entscheidung jedoch wird still, verstummt in dem Moment, als sein Blick endlich klar genug ist, um den Ort in sich aufzunehmen, an dem die drei Helden gelandet sind.

„Dax litt op unserem Wäch, äver he ess et Eng vun de Welt....", meine Stimme hat irgendwie jegliche Lustigkeit verloren. Ich wirbele herum: „Fraaaank! Du Freak! Wo simmer dann he jelandet?"

So stehen wir also eine Weile stumm und dumm rum und stieren mit offenen Mündern auf das blanke Nichts, das aus einem vereinsamten Bahnsteig mit lediglich einem Paar Gleisen, sowie, linker Hand, einer heruntergekommenen Bahnhofshütte besteht. Ein Haufen Lehmhütten rundet das Bild ab. Ohne Flax! Lehmhütten, wie bei den Hottentotten! Frank, Erol und ich natürlich (oder?). Ab in die Algarve???

Jetzt sind wir nicht mehr so gut drauf, und wir kommen sogar noch schlechter drauf, als Frank von einem kurzen Erkundungsgang zur Bahnhofshütte zurückkehrt und uns mit zusammengebissenen Zähnen mitteilt, daß es hier anscheinend niemanden gibt, der uns genauere Auskunft darüber geben kann, wann der nächste Zug kommt, ganz zu schweigen davon, ob hier überhaupt irgendein Zug fährt.

Das einzig Positive, was ich von Dax zu berichten weiß, ist: 1. das unglaubliche Wetter! Sonne satt ohne Ende. Hier ist der Süden, 2. nachdem ich die Schottersteine zwischen den Gleisen schon zum dritten Mal gezählt habe, finde ich ein kleines Tigerauge, das mich im gleißenden Schein einer erbarmungslos scheinenden Sonne anblinzelt.

Das sollte eigentlich auch reichen. Schließlich sind wir nicht zum Vergnügen hier, oder?

Nach stundenlangem Warten mit ausgedörrter Kehle – vielleicht sollte ich Punkt 1 der positiven Ereignisse in Dax doch wieder streichen, da es hier weit und breit keinen Kiosk gibt -, kommt endlich ein Zug. Oh Wunder nach Stunden. Ich beginne, Frank zu verzeihen. Ich vertraue meinem Kumpel.

„De Zoch kütt!!"

Wie ein Mann stehen wir bereits voll beladen und hechelnd vor der Zugtür, als der Zug seine außerordentlich beeindruckende Geschwindigkeit mit quietschenden Rädern gänzlich zum Erliegen bringt.

„Äver janz schnell do erin!" krächzt Frank und sitzt schon lässig im offenen Abteil, als Erol und ich kühmend nachgeschlurft kommen. Franks Zuversicht in seine schier unerschöpflichen Fähigkeiten als Reiseleiter ist sichtlich wieder im Lot. Jetzt ist alles wieder gut. Frank, Erol und ich natürlich. Ab in die Algarve. Jo...

Jo....Der nächste Aufenthalt ereilt uns ganz unverhofft. Wir landen mitten in einem mittelkleinen Kaff, das mit H anfängt. Das ist uns aber recht egal, als wir, in banger Erwartung neuer Katastrophen, aus dem Zug steigen und ein erfrischendes Schimmern am fernen Horizont wahrnehmen: das Meer! Jippie!

Jetzt kommen wir wieder gut drauf und noch viel besser gar, als Frank-Morgen-Schon-Da uns mit jovialer Miene wissen läßt, daß die spanische Grenze nun nicht mehr weit ist. Frank ist mein Kumpel! Frank weiß einfach alles! (Warum nur frage ich mich immer noch nicht, wie Frank an sein Wissen gekommen ist?)

„Aber erst müssen wir noch ein bißchen laufen", sagt Frank ruhig. Ich krame in der hintersten Ecke meiner heimwehkranken Seele nach meinem Ur-Vertrauen in seine Fähigkeiten, obwohl Heimweh nicht das richtige Wort für das ist, was ich empfinde. Ich denke schlichtweg ziemlich häufig an den mit Sicherheit randvollen Kühlschrank meiner Mutter.

Was soll's. Frank kann ich schon kurz nach meinem Aufbruch nicht mehr sehen. Erol versucht zu entscheiden, ob er ihm folgen oder auf mich warten soll, und ich...Paul ist faul.

Schniefend und ächzend stapfen wir durch die brütende Hitze.

17 Uhr 45, zwanzig Minuten nach unserem Aufbruch zur spanischen Grenze, erreichen wir diese tatsächlich.

„Wow! Wer hätte das gedacht?" ist Erols knapper Kommentar. Frank steht strahlend neben dem leeren Zollhäuschen und trommelt leicht ungeduldig mit den Fingern auf dem Blech einer rostigen Seitenwand herum.

„Das war Frankreich!" jubelt er und deutet mit dem Arm in die Richtung, aus der wir gekommen sind, wirbelt auf dem Absatz herum und wackelt zielstrebig auf ein Gebäude zu, das in der Hitze flimmert.

„Joooo!!" ich kann nur brüllen, als ich erkenne, um welche Art von Gebäude es sich dabei handelt. „Das war Frankreich, und hier kommt der Nachschub!"

Ein Energieschub sondergleichen trägt uns in Lichtgeschwindigkeit zu der ersten ‚Tankstelle' kurz hinter der Hölle. Taschen fallen krachend auf den knochentrockenen Boden, drei Paar Füße springen durch gelben Staub, eine Tür wird schwungvoll aufgerissen: „Tres servecas, por favor!" ertönt es aus drei Mündern gleichzeitig.

So hat das Leben uns also wieder. Das Bier auch.

O.k....ach ja, dies nur am Rande: Frank und ich haben uns in besagter Tankstelle ein Käppie zugelegt, wegen der Hitze und so. Erol will auch eins. Sein Gesicht hat bereits eine erstaunliche Farbe angenommen. Wir stöbern den Shop systematisch durch, aber leider, leider.....komischer Kopf das. Erol kriegt kein Käppie, auch später nicht. Echt komischer Kopf das.

Aber wir kriegen Fisch! Fisch und Muscheln! Fisch und Muscheln und Brot! Essen, und jeder ein Sechserpack leckeres spanisches Bier. Sehr leckeres, spanisches Bier, obwohl, man muß ziemlich was kippen, um auf Sendung zu kommen. Die Umdrehungen sind nicht so hoch wie bei unserem guten deutschen Reinheits-Bier. Kapiert?

Schmatzend, schwatzend, schlürfend und rülpsend sitzen wir vor der Tankstelle auf dem Boden und feiern unsere Ankunft im Beinahe-Gelobten-Land. Das Gelobte Land aus Franks feurigen Versprechungen liegt nun nicht mehr weit. Glauben wir.

Ein letzter Furz, Frank kurbelt sich eine Willkommenszigarette mit spanischem Rachenputzer und auf geht's. Erst jetzt nehmen wir wahr, daß wir uns bereits in den ersten Ausläufern der Pyrenäen befinden. Naja, Sachen packen, weiter laufen, Richtung San Sebastian, was, wie Frank uns mal wieder versichert, direkt auf unserem Weg in die Algarve-Wo-Immer-Das-Sein-Mag liegt. Einfach der Straße folgen.

„Das ist doch ganz simpel, Männer!" ruft Frank uns noch zu. Dann kann ich ihn schon nicht mehr sehen. Erol entscheidet sich mal wieder nicht, und ich....Paul ist faul.

„Algarve, wir kommen!" dröhnt es weit vorne.

Ich weiß nicht, wie weit wir inzwischen gekommen sind, weit kann es nicht sein, denn die Straße windet sich in derart haarsträubenden Schlangenlinien, Steigungen, Gefällen und Spiralen in die grau brütenden Hänge hinein, daß ich mich mittlerweile ernsthaft frage, ob wir nicht schon wieder in Frankreich sind. Mit solcherlei Meditationen im schwammigen Hirn renne ich mit verhaltenem Schwung in zwei Typen rein.

„S-Bahnhof." Frank ist total aus dem Häuschen, Erol auch, ich...auch, normal! Für ein paar Pesetas fuffzig fahren wir mit der S-Bahn, die kurz darauf, gemäß Fahrplan, auf die Minute genau angezockelt kommt, nach San Sebastian. Karl D. macht sich langsam bemerkbar. Wir fahren! Füße hoch, Dosen auf! Wir fahren nach San Sebastian. Frank, Erol und ich natürlich. Ab in die Algarve. Ist doch klar!

Dicht an den wäschebestückten Hinterhöfen der Bergdörfer geht es vorbei, immer steiler bergauf. Ganz schön schrille Gegend, die Pyrenäen. Warum Dracula nicht hier heimisch geworden ist, kann ich echt nicht begreifen. Es ist noch hell, als wir in San Sebastian aussteigen. Und es ist doch tatsächlich echt eine Stadt. Ich zähle mindestens....unzählige Häuser....aus Stein! Ich finde, San Sebastian ist eine schöne Stadt, eine sehr schöne Stadt, echt, erwähnenswert schön. San Sebastian hat eine City! Keine Frage, da latschen wir, nachdem die S-Bahn uns ausgespuckt hat, erst mal hin.

Auf dem Weg ins lebenssprühende Zentrum von San Sebastian folgt die Straße dem Lauf eines halb ausgetrockneten Flußes, der sich, linkerhand, durch die bizarre Felslandschaft frißt.

„Booh, guck mal!" Ich pralle, noch immer ganz versunken in den romantischen Klang des Namens dieser Stadt, auf Erol-Wachsamer-Elch, der felsenhart am Straßenrand steht und mit ausgestrecktem Arm auf ein unglaubliches Szenario deutet. Django traut seinen Augen nicht. Sielmann läßt grüßen. In einer Entfernung von gerade mal läppischen 10 Metern schwebt eine riesige Möwe über dem glitzernden Wasser, stößt plötzlich herab und erhebt sich, mit einem zappelnden, sich windenden Jung-Aal im Schnabel, in die zunehmende Dämmerung. (Fragt mich nicht, warum ich weiß, daß das ein Jung-Aal war, in Wahrheit habe ich noch nie im Verlauf meines ereignisreichen, mit zahlreichen Geburten gesegneten Lebens, einen lebenden Aal gesehen, ganz zu schweigen von einem Jung-Aal).

Träumend gehen wir weiter, Erol-Wachsamer-Elch ist ganz in seinem Element.

„Ab heute sei dein Name Erol-Wachsamer-Elch-Mit-Dem-Adlerblick". Mit stolzgeschwellter Naturburschenbrust nimmt Erol mein von derb-männlichem Schulterklopfen begleitetes Kompliment zur Kenntnis.

„Nennt mich doch einfach Darwin", gibt er mir mit seiner grollenden Stimme zu verstehen.

Frank schwingt seinen Körper herbei und sprudelt hervor: „Wir geh'n ans Meer." Von unserem Erlebnis mit Urgroßvater Möwe und Großvater Jung-Aal zeigt er sich in keinster Weise beeindruckt.

In San Sebastian City angekommen, decken wir uns erst mal wieder mit Nahrungsmitteln in fester und (vor allen Dingen) flüssiger Form ein und schlendern im Sight-Seeing-Tempo durch die malerischen Gassen und Gässchen, bis wir an eine ebenso malerische Bucht gelangen. Ein sanfter Wind kräuselt die Wellen des vor uns liegenden Ozeans. Keine Frage, da müssen wir hin, wenn auch vielleicht nicht unbedingt rein, noch nicht.

In der Bucht angekommen, lassen wir uns schnaufend samt Gepäck in den warmen Sand sinken. Ich frage mich stirnrunzelnd, ob irgendein Scherzkeks Steine in meinen Rucksack gefüllt hat. Aber es muß wohl an den vier Wechselgarnituren liegen und all dem anderen unnötigen Krempel, wie etwa Pullover, Werkzeug usw. Aber Paul ist ein stolzer Mann, ein starker, stolzer Mann, und so verliere ich kein Wort über meinen arg gebeutelten Rücken. Meine Füße, Beine, Hände, Fingerspitzen, Kniekehlen und Augen jedoch lasse ich nicht unerwähnt.

Nun aber erst mal zur Völlerei! Leckerschmecker, mjamm-jam....spanische Oliven, spanisches Bier, spanische Muscheln, in Spanien sind wir.

„Viva Espana", mit vollem Bauch ist meine Stimmung eigentlich fast immer gut. Trotzdem, die Dämmerung wird immer dämmeriger. Ich bedränge meine Kollegen. „Auf, auf, laßt uns einen Schlafplatz suchen." "Guck mal!" Erol-Wachsamer-Elch-Mit-Dem-Adlerblick-Darwin-Kurz-Genannt deutet mit ausgestrecktem Fettfinger auf eine Promenade, die, auf soliden Betonpfeilern stehend, die rückwärtige Begrenzung der Bucht bildet. „Sieht doch gut aus. Kommt, laßt uns mal sehen, ob wir da pennen können", überzeugt Erol uns mit wenigen Worten, zumal ein ganz, gaaanz leichter Nieselregen einsetzt. Also packen wir den Kram wieder zusammen, wuchten die Rucksäcke auf die gebeugten Schultern und schleppen uns unter der Promenade entlang.

Frank, der wie immer einige 1000 Schritte vorausgeeilt ist, dreht sich zu uns um, er zappelt noch mehr als sonst, was er jedesmal tut, wenn er etwas Aufregendes entdeckt hat. „Hey, hört ihr das? Das sind Bongos." Und schon ist er weg. Erol schaut sich ratlos nach mir um und ich....Paul ist faul....und vollgefressen.

Als wir auf Frank draufrennen und an ihm vorbei in die zunehmende Dunkelheit spähen, wird uns klar, daß dies nicht der richtige Ort für Männer wie uns ist. Naja, wir sind ja so einiges gewohnt, aber was zuviel ist, ist zuviel. Es erübrigt sich wohl, die Leute zu beschreiben, die sich unter den Betonpfeilern stapeln, ganz zu schweigen von den blutigen Spritzen, die allenthalben herumliegen. Wir also wieder weiter. Frank bleibt diesmal recht lange in Sichtweite und macht uns im Vorbeigehen auf mehrere Junkiegirls aufmerksam, die gerade dabei sind, in einen Kiosk einzubrechen, der unterhalb von der Promenade liegt. Sie lassen sich von uns nicht stören, was wir natürlich auch gar nicht vorhaben. Schweigend gehen wir weiter. Mittlerweile regnet es schon junge Mäuse. Erol schaut sich noch nicht einmal mehr nach mir um. Und ich? Mein Bauch tut mir weh, meine Füße auch, und mein Rücken, und....aber ich beiße die Zähne noch einmal zusammen und folge den Schatten meiner treuen Kameraden auf die Promenade hinaus. Nur weg von diesem Junkie-Räuber-Pack!

Irgendjemand muß dann wohl eine Entscheidung getroffen haben, denn als ich zum wiederholten Male in zwei Typen renne, ein Gefühl, das mir mittlerweile gefällt, vernehme ich eben noch Franks hoffnungsfrohe Stimme: „Et fäng an zo rääne." Sprachs und ist schon um die nächsten drei Biegungen. „Wat de nit sähss", erwidert der unentschlossen dastehende Erol, der sich dann dazu durchringt, Frank zu folgen, oder? Und ich....Paul ist faul und traurig, der Rucksack ist schwer, die Füße und der Bauch tun weh, Mama......!

Als wir die Innenstadt von San Sebastian wieder erreichen, ist es bereits ausnehmend düster. Es regnet jugendliche Ratten. Trotzdem finden wir ohne jegliche Zwischenfälle einen Bahnhof. Frank steht schon am Informationsschalter und gestikuliert in die laue, feuchtigkeitsschwangere Luft. Seine Miene hat einen Ausdruck heftigen Unglaubens angenommen.

„Dat kann doch nit wohr sin! Näää!"

Mit der für die Bewohner südlicher Gefilde typischen Ignoranz übersieht der Beamte Franks Verzweiflung, greift in die Dunkelheit über seinem Kopf......schepper......rassel.....rums. Einen Millimeter nur an Franks Nasenspitze vorbei poltert ein schwerer, hölzerner Rolladen herunter und rammt sich in die Tischplatte. Frank schielt auf seinen Riechkolben und dreht sich zu uns um, langsam. Eine Tür links neben dem Schalter schwingt auf, der Beamte tritt heraus. Er schiebt seine Mütze in den Nacken, hängt sich seine schwere, lederne Stullentasche über die Schulter und kramt einen unglaublich schlüsselbeladenen Donald-Duck-Schlüsselanhänger aus seiner ausgebeulten Hosentasche hervor. Perplex beobachten wir ihn dabei, wie er die Tür fest verschließt, sich zu uns herumdreht und die Arme in bester Heiligen-Manier ausbreitet, um uns aus der trockenen Halle des Bahnhofsgebäudes hinaus zu scheuchen. Und das, nachdem wir die Wirtschaft von San Sebastian mit dem Verschicken von so ca. 100 Ansichtskarten angekurbelt haben – Mama bekommt auch 20. Unglaublich! Aber da stehen wir auch schon wieder inmitten der nunmehr vom Himmel strömenden Bisamratten.

Manitu ist uns gnädig, Erol sei Dank! An der Außenmauer finden wir einen Aushang hinter Glas: Stadtplan, Sehenswürdigkeiten, Hotels, Zeltplätze etc. Paul-Schnelle-Entscheidungs schnelle Entscheidung: „Wir gehen zelten!"

Gesagt, getan......"Da stehen ja Taxis vor der Tür." Franks Stimmung steigt wieder. Erol brummt naturverbunden. Ich will nur ins Trockene. „Scheiß auf die Knete, rein ins Taxi!" Schon schiebt Frank uns mit sicherem Griff auf den Wagen zu, der für südländische Verhältnisse erstaunlich gut beieinander zu sein scheint.

Ich komme auf dem Beifahrersitz an. „Cämpink?" bedeutet Paul-Schnelle-Entscheidung in tadellosem Kölschenglisch. Der Mann versteht und fährt los. Drei Dosen werden zischend geöffnet, drei Kehlen vom Staub der Straße erlöst. Django steht lächelnd am Straßenrand und tippt mit der Fingerspitze an seinen Stetson. Zurücklächelnd wendet Paul-Schnelle-Entscheidung sich dem Taxifahrer zu, der soeben auf spanisch in etwa gefragt hat: „Quando doste exta bumste?" Nachdem ich ihn eine Weile verständnislos grinsend angestarrt habe, wiederholt er seine Frage erst noch mal langsam, zum mitschreiben, dann noch einmal mit der rechten und schließlich mit beiden Händen.

„Aaah, capito!" Mein Kopf muß vor Intelligenz Funken gesprüht haben. „Kölle, Köln, Colonia. Co-lo-gne!" Ich freue mich aufrichtig über meine erste Unterhaltung mit einem echten Eingeborenen und drehe mich, um Anerkennung heischend, zu meinen Weggenossen um.

Über die nun folgenden Minuten sind wir schon am selben Abend völlig unterschiedlicher Meinung. Ich für meinen Teil erinnere mich jedenfalls noch ganz genau daran, daß in dem angenehm trockenen Taxi schlagartig ein irrwitziges Geschnatter losgegangen ist, da wir alle, Frank, Erol und ich natürlich, ab in die Algarve, gleichzeitig in einem Chaos aus Kölsch, Englisch und allerlei spanischer Phantasterei beginnen, auf den lachenden Taxifahrer einzureden. Doch der, klein, korpulent, runder Plauzenbauch, spärlicher Kopfbewuchs, doch nichtsdestotrotz überaus selbstbewußt, erzählt von jenem denkwürdigen Augenblick an, als er begriffen hat, wo unsere heimatliche Wiege steht, nur noch vom.....1.FC.Köln! Unglaublich, aber wahr, äsch! Ihr künnt mer jlöve!

Es ist phantastisch! Von der eigentlichen Fahrt bekommen wir rein gar nichts mit. Der Regen prasselt auf das Dach, und aus unseren Mündern rasselt es ohne Unterlass auf den Taxifahrer ein, der, unbeirrt von unserem bierseligen Geschwafel, ein fiktives Tor nach dem anderen schießt: im Müngersdorfer Stadion! Klasse! Eins zu Null für San Sebastian, trotz zahlenmäßiger Unterlegenheit der gegnerischen Ein-Mann-Schaft.

Wir sind gut drauf. Selbstredend. Frank, Erol und ich natürlich. Ab in die Algarve! (Regnet es da eigentlich auch so oft?)

Irgendwann nehme ich am Rande des Infernos wahr, daß wir uns mittlerweile eine steile Bergstraße hinaufquälen, die zu allem Überfluß auch noch unbeleuchtet ist und mit zunehmender Höhe von dichten Nebelschwaden verschluckt wird. Ich frage mich noch heute, wie dieser kleine, runde FC-Jeck es geschafft hat, laut ‚Tor' schreiend, sich immer wieder zu uns umdrehend und mit 60 Sachen durch das Nichts bretternd, nach routiniertem, einhändigen Schlenker vor der Einfahrt des Campingplatzes zum Stehen zu kommen, ohne uns alle in den Fußballhimmel zu befördern. Aber er hat es geschafft. Wahrscheinlich war dies eine seiner leichtesten Übungen.

Blendend gelaunt, wenn auch etwas außer Atem, tappen wir mitsamt Gepäck aus dem Wagen und verabschieden uns von 'nem äscht span'sche FC-Jeck, nachdem wir ihn, keine Frage, fast fürstlich entlohnt haben. „Adios!" brüllt Erol ihm nach. „Adios Amigo!" fügt Frank lautstark hinzu.

Es regnet, es ist dunkel. Als die Rückleuchten des Taxis im dichter werdenden Nebel verschwunden sind, drehen wir uns um und stehen vor einem recht solide wirkenden Holzhäuschen. Ein Mann, den wir vor wenigen Augenblicken noch aus der Einfahrt haben laufen sehen, empfängt uns mit einem freundlichen Lächeln auf den Lippen. Wir sind willkommen!

Passt op jetz! Frank-Morgen-Schon-Da, Gott, ich liebe diesen Mann, scheckt alles, deutet mit den Händen ein Dreieck in der Luft an und spricht: „Una Tipi!"

„Nänänänä!" fährt Erol-Wachsamer-Elch dazwischen. „Ich schlafe alleine!" (Können Indianer eigentlich schmollen?)

Frank-Morgen-Schon-Da scheckt wiederum alles. Zwei Hände deuten zwei Dreiecke in der Luft an: „Due Tipi", und an Erol gewandt: „Kosta mucho mückos, Amigo".

„Egal", erwidert dieser mit vorgeschobener Unterlippe. (Oh ja, Indianer können schmollen, aber nicht lange).

Jetzt ist mal wieder alles wieder gut. Der freundliche Campingplatzwart verläßt sein freundliches Holzhäuschen, nachdem der freundliche Frank freundlicherweise seinen Personalausweis als Pfand hinterlegt hat, verschließt seinen ganz persönlichen Hochsicherheitstrakt hinter uns und zeigt uns mit weit ausgreifenden Schritten unseren Liegeplatz, derweil der Sturzregen seinen Weg in meine halbwegs vernünftigen, jedoch keineswegs wasserdichten Wanderschuhe findet.

Meine in strahlend blaue Müllsäcke gekleidete Gitarre darf nicht leiden, fällt mir ein, also werde ich verbal aktiv und treibe meine beiden körperlich aktiven Gefährten zur Eile an: „Schnell, Frank! Los, Erol! Maat fürrann! Karl. D. steht jlich unger Wasser!" Innerhalb kürzester Zeit stehen unsere beiden Tipis. Ein Einzel- und ein Doppeltipi.

Frank und ich beziehen das Einzeltipi. Erol hält an diesem Abend nichts von Wache halten und zieht sich stillschweigend in sein geräumiges Doppeltipi zurück. „Nahacht!" hat er, glaube ich, doch noch gesagt.

Im anheimelnden Licht eines Feuerzeugs bereiten Frank und ich unser kuscheliges Lager, dicht an dicht – ich liebe Frank schon etwas weniger -, stopfen den restlichen Kram unter die Kopfseite meines Schlafsackes sowie Franks Iso-Matte und wollen gerade die Gitarre aus Platzmangel mit dem Taschenmesser in kleine Stücke zersägen, als Frank mit eisernem Griff meinen Arm mitten in der Bewegung zum Halten zwingt.

„Dun mer die beim Erol erin", ist ihm eingefallen. Er krabbelt rückwärts aus unserem gemütlichen Nest, tapst durch den Regen hindurch zum Doppeltipi, die bemüllsackte Gitarre über der Schulter und räuspert sich laut vernehmlich. Ich höre, wie Erol mit leicht ungehaltenem Ruck den Reißverschluß seines Tipis öffnet. Mein Baby muß er wohl wortlos in Empfang genommen haben, denn bis zum ‚zuipp' des sich schließenden Verschlusses höre ich nur noch den Regen. Erols Gesicht taucht kurz als Vision vor meinem inneren Auge auf, den Kopf leicht zur Seite geneigt, ein Mundwinkel halb fragend, halb spöttisch hochgezogen, ebenso die Augenbrauen. „Haahaa", sagt er in meinem Kopf. Jetzt aber Nacht...

Angenehme Vorahnungen lullen mich in den Schlaf. Kurz taucht der Gedanke an ein hübsches Mädchen auf, das ich bei unserer Ankunft in San Sebastian/City gesehen hatte. Hmm, ein Gedanke, über dem ich ein wenig ins Schwärmen gerate.....Sie war zwar schlicht gekleidet (hört, hört, schlicht gekleidet. Der Mann weiß, wovon er spricht, de kütt bestemmt us Müllem), aber äußerst angenehm anzusehen. En joode Patie, sozusagen.....Morgen, vielleicht....ein Ausflug in die City....Karl D. schallt durch San Sebastians schnuckelige Sträßchen.....da steht die schlichte, joode Patie genau vor mir und lächelt mich freundlich an....

„Naaacht...." brummelt Frank und eilt in den Schlaf. Ich folge ihm postwendend, denn Paul ist faul.

6. Juni 1998

Unser Tipi geht auf. Etwas blendet mich selbst durch die noch geschlossenen Augenlider hindurch. „O.k., o.k." Ich wühle mich aus dem Schlafsack dem grellen Licht entgegen und öffne probeweise das linke Auge einen Spalt breit.

„He, du Freggle, das ist mein Bier!" begrüße ich Frank, der soeben dabei ist, eine Dose kalter Bohnen in sich hineinzustopfen. Neben ihm glitzert meine leere Dose Bier in der steigenden Sonne. Ich hatte sie am Vorabend in einem meiner halbwegs vernünftigen Wanderschuhe deponiert, für den morgendlichen Verzehr.

„Morgen auch". Frank grinst mich unverschämt an.

„Ich habe die Dusche entdeckt", eröffnet mir das blitzblank strahlende, von einem sanften Duft nach Frühlingsblumen umgebene Lebewesen. Ich öffne mühsam das andere Auge. „Erol? Bess du et?"

Das Wesen schüttelt leicht sein strahlendes Haupt, wendet sich von mir ab, seine Füße scheinen den Boden nicht zu berühren, und zeigt mit ausgestrecktem Arm in eine ganz bestimmte Richtung. Was sich dort befindet, kann ich freilich durch den Knipsel auf meinen schlafdicken Lidern nicht erkennen. Aber riechen kann ich jetzt wieder (meine Nasenschleimhäute sind im Verlauf der letzten zwei Tage wieder zu normaler Schleimigkeit abgeschwollen, die letzte Nase liegt in nebelhafter Vergangenheit). Frank läßt draußen vor dem Zelt einen ziehen.

„Boh, du Sau!" ich hechte aus dem Tipi, krame meine Kulturbeutelutensilien zusammen, die sich auf mysteriöse Weise an den unmöglichsten Stellen in meinem Rucksack versteckt haben, die dreckelije Säu, zerre ein zerknittertes, muffig riechendes Handtuch hervor und gehe endlich unters Wasser. Ziemlich lange. Cool. Warmes, klares Wasser prasselt auf meine Haut und es dauert seine Zeit, bis der dicke Ölfilm sich erst mal löst. Natürlich habe ich an Fußpilz und dergleichen gedacht, natürlich habe ich meine Badelatschen an. Meine Mam hat mich zu einem ordentlichen jungen (Super)Mann erzogen. Badelatschen, komisches Wort...egal. Als ich endlich ebenso blitzeblank bin wie Erol, ziehe ich frische, supergeile, relativ gestankfreie Klamotten an und schwebe zum Tipi zurück. Auch meine Füße scheinen den Boden nicht zu berühren. Irgendwie fühle ich mich ziemlich leicht so ohne den ganzen Dreck.

Als ich am Zeltplatz ankomme, krabbelt Frank in einer grauen Wolke aus Mief und speckigem Staub auf dem Boden umher und sortiert kleine Häufchen schmutzstarrender Textilien zu steifstinkigen Türmchen zusammen.

„Blablabber.....Waschmaschine........Pfff", blubbert er. „Ich geh' jetzt duschen." Und schon ist er verschwunden. Lediglich eine graubraune Wolke, die sich sanft auf dem Boden niederläßt, zeugt noch von dem Weg, den er genommen hat. Frank ist schnell. Frank geht duschen. Ich mag Frank, auch wenn er mein Morgenbier ausgesoffen hat.

Erol und ich, Paul-Glänzende-Erscheinung, schweben zur Waschmaschine, oh Wunder der Technik, um sie ausgiebig in Beschlag zu nehmen. Von irgendwoher schallt lautes Trällern zu uns herüber. Die Waschmaschine ist zwar laut, aber beileibe nicht laut genug, um das Jubilieren unseres lieben Freundes und Weggenossen zu übertönen, der sich voller Hingabe und jugendlichem Überschwang den reinigenden Fluten überläßt.

Wir überlassen die gefüllte Maschine ihrer Aufgabe und begeben uns in Richtung Camping Café. Frühstück steht an.

Fragt mich nicht, wie er das gemacht hat, Frank, mein Kumpel, der Mann, der als einziger von uns dreien weiß, wo die Algarve-Wo-Immer-Das-Sein-Mag liegt, auf jeden Fall sitzt er doch tatsächlich schon in der Caféteria, nachdem wir die Maschine nur eben schnell gefüllt und angestellt hatten, um den verlockenden Düften ins Himmelreich des Frühstückens zu folgen. Blitzeblank, genau wie wir, sitzt er da, vor ihm steht eine dampfende Tasse

Kaffee, ein Croissant schmiegt sich an die vertraute Wärme und hofft auf baldiges Getunkt-Werden. Sein rechtes Bein zappelt über dem linken in der Luft, der Oberkörper zuckt hin und her, sein Kopf ruckt wahllos auf dem Hals herum: „Moin, moin". Das Grinsen ist breit, denn er weiß, daß wir wissen, was nun kommen wird.

„Was steht an? Sollen wir gleich mal runter ins Städtchen geh'n?" Schwupp, das Croissant verschwindet im Schlund, die Tasse ist leer. Fassungslos stehen wir vor dem Tisch, unsere Mägen knurren entsetzlich.

„O.k., schon gut. Ich kann warten", räumt er ein, als er sich einen Moment Zeit nimmt, um uns in die Gesichter zu sehen. Dann sitzen auch wir vor unseren dampfenden Kaffeetassen, unsere Croissants (ich habe mir vorsichtshalber gleich drei genehmigt) schmiegen sich an die vertraute Wärme (meine drei kuscheln sich in einem gemütlichen Kreis um die Tasse herum), Frank wippt und zippt, ruckt und zuckt, während er uns eine Menge unglaublich interessanter Einzelheiten über die vielfältigen Möglichkeiten herunterrattert, die dieser wunderschöne Tag für uns bereit hält. Unsere Gedanken sind bei der laufenden Maschine.

O.k......zapp zapp.....schluck schluck, die letzten Krümel in den Mund gejagt, zahlen.....zack zack.....Wäsche aufgehangen, zumindest teilweise, und ab dafür. Frank, Erol und ich natürlich. Ab in die Algarve. Aber erst mal in die City von San Sebastian. Das Leben ruft.

Frank kann ich schon fünf Minuten vor unserem eigentlichen Aufbruch nicht mehr sehen, Erols Indianerblick nimmt ihm die Entscheidung auch nicht ab, und ich....Paul ist faul.

Um 12 Uhr 30 erreichen wir die City. Frank kommt uns aus der gegenüberliegenden Straße entgegen und eröffnet uns: „Coole alte Stadt. Echt schön hier. Hier könnten wir ein paar Knaller-Fotos schießen." Er stockt einen Moment, fährt sich mit der Hand übers

Kinn und blinzelt uns schelmisch von schräg unten an. „Aber die Filme sind ganz schön teuer."

„Dann laß uns das Geld doch lieber versaufen", bestätigt Erol ihm. „Wir haben ziemlichen Durst".

„Ich bewundere deine Weisheit, oh wachsamer Elch". Grinsend befördert Frank drei Flaschen kühles Gelbes hinter seinem Rücken hervor. Der Spaziergang kann beginnen. Erst mal ist natürlich der Beach dran, aber den Gedanken an ein erfrischendes Bad verwerfen wir sogleich, was sich auch in den kommenden Tagen nicht ändern soll, denn Frank ist sich sowieso absolut sicher, daß wir dazu noch genug Gelegenheit haben werden, wenn wir erst mal in der Algarve-Wo-Immer-Das-Sein-Mag sind, in Nordportugal. Wir glauben ihm. Wir lieben ihn. Frank ist unser Kumpel.

Nach dem Strand ist der Fischmarkt dran, auf den wir durch Zufall stoßen. Mann, das könnt Ihr Euch nicht vorstellen! Überall nur tote Fische, und was für welche! Unglaublich! Vor einigen besonders extravaganten Exemplaren verharren wir in stiller Anbetung. Keiner sagt einen Ton. Wir alle sind uns der Würde dieses Augenblicks bewußt. Irgendwann jedoch wird mir bewußt, daß auch der Fischverkäufer mittlerweile verstummt ist, und als dann auch noch alles Gemurmel und Gebrülle um uns herum verstummt, wird mir mit einemmal klar: „Ey! Mer lure uns he dude Fesch aan!"

Bestürzt wenden wir uns ab. Erol klopft mir begütigend auf den Rücken und stimmt sein allwissendes Lachen an. Im Weggehen bemerken wir eine beachtliche Ansammlung Eingeborener, die uns anscheinend schon ernsthaft ins Auge gefasst hatten. Diesmal folgen wir Frank auf dem Fuß. Andere Länder, andere Sitten.

Auf unserem Spaziergang durch die schöne, alte City von San Sebastian begegnen uns unzählige schmuckelige Geschäfte, in denen jede Menge herrenloser Bierdosen uns sehnsüchtig zublinzeln. Wir können nicht widerstehen und sind schon bald wieder auf Sendung. Frank wird immer langsamer. Also schlendern wir ausnahmsweise einmal in geschlossener Formation von Quelle zu Quelle, bis uns drei Typen anquatschen. Offensichtlich Freaks, wie wir.

„Where's McDonald's?" hören wir.

Frank zuckt mit den Schultern, was jedoch aufgrund seines ohnehin ständig zuckenden Bewegungsapparates nur für das geschulte Auge erkennbar ist.

„Where you from?", fragt er schlagfertig zurück. Seine halb geschlossenen Augen schwimmen dümmlich-breit von einem zum anderen, wobei er eindeutig auch Augenpaare fixiert, die nur in seiner vom Alkohol bewegten Vorstellung existieren. Als er seine Sehorgane schließlich in schielenden Ruhezustand versetzt (irgendwo in Höhe des nervös auf und nieder rollenden Adamsapfels seines direkten Gegenüber), haben die Freaks längst begriffen, was Sache ist. „U.S.A." antwortet einer.

Was gibt es da noch zu sagen. Wir lassen die Amis uninformiert stehen und im Weitergehen bringt Erol erneut den Kern der Sache zum Ausdruck: (war das nicht eigentlich Franks Aufgabe?) „Typisch Ami. Kumme över de jroße Teich un söke de McDreck. Kulturbanausen!" Sprichts und nimmt einen tiefen Schluck köstlicher Hefebrühe zu sich. Hinter uns schlägt scheppernd eine leere Dose auf den buckeligen Asphalt.

Frank kichert und nimmt im Vorübergehen ein Glas Peperoni von einem Tisch. Keiner merkts, wir auch nicht, bis er, immer noch kichernd, immer noch unbemerkt, das Glas öffnet und mit seiner überschwappenden Beute vor unseren Nasen herumfuchtelt.

„Greift zu, Jungs", jetzt lacht er laut. „Die sin jesund."

„Wo häste die dan her?" frage ich und greife zu. Erol schmunzelt lediglich und greift zu. Der wahre Weise schweigt und genießt.

Wie gesagt, cooler Spaziergang, Scout-Lauf – Paul-Schnelle-Entscheidung entpuppt sich auf dem Weg als wahrer Schöngeist –

hin und her, hierhin und dorthin, heute weiß ich kaum noch etwas von dem, was es in San Sebastian so alles zu sehen gibt, denn obwohl das ausländische Bier bei weitem nicht so viele Umdrehungen hat wie etwa ein leckeres Gilden Kölsch, leistet die Sonne an diesem Tag ganze Arbeit. Im Nachhinein erscheint mir die Stadt doppelt so groß. Jedenfalls fallen wir irgendwann, nachdem Erol-Wachsamer-Elch-Mit-Dem-Adlerblick-Kurz-Darwin-Genannt uns auf unsere Wäsche aufmerksam gemacht hat, die wir so umsichtig über Hecken, Zelt, Ästen etc. drappiert hatten, daß wir uns sicher waren, den Weg zu unserem solcherart für jedes Auge sichtbar markierten Lagerplatz auch in völliger geistiger Umnachtung finden zu können, in einen überaus stickigen Bus ein und dümpeln grölallend zum Campingplatz zurück.

Unsere Wäsche ist trocken, knochentrocken. Zumindest die Teile, die schon hängen. Eine von Erols zarten Unterhosen, die er über eine Zeltwand gelegt hatte, steht kurz davor, in Flammen aufzugehen.

In weitem Umkreis um unseren Zeltplatz herum herrscht eine recht unnatürliche Stille, derweil wir unsere Wäschestücke einsammeln und wieder in den Rucksäcken verstauen. Wir haben wohl mittlerweile alle unsere Nachbarn vertrieben, und ich vermute, daß es etwas mit dem Zustand zu tun haben muß, in dem sich unser Platz befindet. Jeder weiß nun, wer oder was hier lagert. Kölle Alaaf!

Arbeit macht durstig, sehr durstig, also sind wir, nachdem der Haushalt erledigt ist, die ersten – und einzigen – die sich über das Camping-Café hermachen. Ja. Draußen sitzen, sollte ich erwähnen, wir können draußen sitzen, fast wie im Biergarten in Kölle....Mamas Gesicht taucht kurz vor meinen bierseligen Augen auf und da landet auch schon, als wär's ein Zeichen ihrer Liebe und Fürsorge, ein wunderschöner, echt, total irre schöner Schmetterling auf meiner rechten Schulter.....links hab' ich nur einen tätowiert. Ich versinke in esoterischer Versunkenheit über die Irrsinnigkeit sogenannter Zufälle. Frank rettet mich, indem er mich schubst. Frank ist mein Freund. Erol aber auch. Erol grinst, ein schimmernder Speichelfaden rinnt aus seinem rechten Mundwinkel herab.

„Ihr solltet lieber mal ‚rein kommen", ruft Frank uns von drinnen mit vor Seligkeit kieksender Stimme zu. Beim Eintreten erhasche ich, Paul-Schnelle-Entscheidung-Mit-Dem-Hungrigen-Blick-Eines-Hamsters, einen verheißungsvollen Blick auf die Theke: Häppchen sehe ich da stehen, viele leckere Häppchen. Meeresfrüchte, Salate, Tintenfischgedöns, Brote...hmm....mein Bauch knurrt. Sonst spricht niemand. Im Hintergrund läuft ein Fernseher: Inter-Mailand gegen Real-Madrid. Derweil ich mich auf einen Stuhl sinken lasse, denn die Beine drohen schon unter meinem vom Hunger geschwächten Körper nachzugeben, ist Erol-Wachsamer-Elch, ein Mann, auf den man sich verlassen kann, bereits damit beschäftigt, drei große Teller liebevoll mit Häppchen zu bestücken.

Plötzlich stößt Frank-Morgen-Schon-Bereit einen nur mühsam unterdrückten Jubelschrei aus, zappelt in die Höhe und zuckt auf einen Eisschrank von wahrhaft gigantischen Ausmaßen zu, um für unser flüssiges Wohl zu sorgen.

All das nehme ich nur am Rande wahr, außer Erol natürlich, dem Mann der Stunde, dem Häppchen-Mann. Ich nehme aber dann sehr wohl den ersten Schluck dessen wahr, was sich in meine Kehle ergießt, nachdem Frank (auch seine Fähigkeiten sollte man nicht unterschätzen) die Flasche kurzerhand geköpft und mir an den Mund gesetzt hat, das Schlucken geht dann wieder ganz von selbst.

„Judas Bier!" blablubbert Frank. Ich höre, daß er von einem Ohr bis zum anderen grinst.

„Acht Komma Fünf P.S.!" nuschele ich noch, dann trinke ich und trinke und trinke – zwischendurch esse ich freilich auch, ja sicher – aber vor allem trinke ich. Frank trinkt auch. Erol trinkt auch. Wir drei Kumpels, wir trinken gemeinsam Judas Bier, mit 8,5 Umdrehungen, großen Umdrehungen, P.ssss., aaachd gommah vüüünfh P.sss.

In den folgenden Stunden geben wir uns ganz der überaus befriedigenden Beschäftigung hin, den Boden des Camping-Cafès mit den biergetränkten Papierchen auszulegen, die bei den leckeren, sehr leckeren Häppchen liegen, was hier so üblich zu sein scheint, denn auch der Mann am Nebentisch macht es ununterbrochen, und den haben wir eh schon im Auge, seit er sich hingesetzt hat.....Django steht in der Ecke und säubert seine Fingernägel mit dem Bärentöter.

„Demm sing Fläsch süht us wie en Wasserpief". Franks Phantasie schlägt Funken und schon kurz nach diesem Satz wird sein Gesicht von einem unerhört breiten Grinsen in die Horizontale gezogen, seine Augen werden womöglich noch glasiger. Leider will der Mann am Nebentisch nichts mit uns zu tun haben, obwohl Frank sich wirklich große Mühe gibt, ihn in ein Gespräch zu verwickeln. Ich verstehe das nicht so ganz, aber andererseits ist es auch nicht so wichtig, denn das Judas Bier nimmt mich derart in Anspruch, daß ich kaum wahrnehme, wie er kurze Zeit später seine Flasche alleine am Tisch zurückläßt und verschwindet.

Irgendwann ist es auf einmal 9 Uhr abends. Wir, Frank, Erol und ich natürlich, ab in die Algarve, sind breit wie die Haubitzen. Judas ist unser Freund! Nie wird er uns verraten! Der Laden ist prall mit Leibern gespickt, wir jedoch konzentrieren uns derart auf die anspruchsvolle Aufgabe, den Riesen-Eisschrank und die Häppchen-Teller zu leeren, daß wir uns de facto in keinster Weise um all das braungebrannte, bloßliegende Fleisch der weiblichen Anwesenden kümmern können. Noch nicht, sage ich mir im stillen. Ich glaube, Pink lady und Schlicht lady und Pink-Punk-Lady geraten so langsam in Vergessenheit, denn es gibt verdammt viele Ladies, wenn Ihr versteht, was ich meine. Schließlich haben wir unser Level erreicht, wenn nicht gar um ein minimales Quentchen überschritten und kriechen zu unseren Tipis zurück, zumindest Erol und ich. Frank titscht, wie immer.

Den Zeltplatz müßt Ihr Euch in etwa folgendermaßen vorstellen: da stehen unsere beiden Tipis, allein auf weiter Flur, wie ich schon berichtet habe, nur wir und die Unendlichkeit des südlichen Sternenhimmels, der aber noch nicht ganz aufgetaucht ist, es ist ja erst so 9 Uhr 30. Wir wissen, daß er so aussieht. Als wir ihn nach einigen Schleichwegen jedoch erreichen, stellen wir nicht wenig überrascht fest, daß da plötzlich eine ganze Reihe anderer Tipis um die unsrigen herum stehen.

„Uuups...." Erol rülpst und hält sich die Hand vor den Mund. Wir sind alle gut erzogen.

Wir setzen uns, unbeeindruckt von der offensichtlichen Veränderung, vor unseren Zelten auf den Boden. Judas mußten wir leider im Cafè lassen, da wir vorhaben, noch ziemlich lange wach zu bleiben. Karl D. wird mit Sicherheit grüßen wollen, und das hätte Judas, wie mir scheint, nicht zugelassen.

Wir sitzen also so vor unseren Tipis rum, ganz harmlos, Karl D. ist noch nicht mit von der Partie, und unterlallen uns. Plötzlich geht am linken Zelt, einem kleinen Iglu,....zuipp.....der Reißverschluß auf. Unisono fahren unsere wackeligen Köpfe in die Richtung, aus der nun ein leises Rascheln ertönt und wir werden, wortlos, Zeugen eines seltsamen Geschehens: es ist fast dunkel, der Iglu-Eingang teilt sich, eine Gestalt krabbelt auf allen Vieren rückwärts heraus und richtet sich auf. Die Gestalt sieht irgendwie komisch aus (wir beugen uns vor, um besser sehen zu können), die Gestalt trägt einen dunklen Nadelstreifenanzug, komplett mit Schlipps und Kragen, bis oben hin zugeknöpft (wir kneifen ungläubig die Augen zusammen). Die Gestalt ist eher klein, aber kerzengerade aufgerichtet (was Wunder, daß der Kerl überhaupt den Kopf neigen kann, er scheint einen Stock verschluckt zu haben). Wir kichern nun leise vor uns hin. Dann beugt die Gestalt sich vor, um den Iglu zu verschließen. Die Gestalt hat Handschuhe an! Schwarze, glänzende Lederhandschuhe.....wir kichern lauter. „Et wor so schön, bevür du jekumme bes!" kommentiert Frank verhalten das Geschehen. „Jo, un dun dat Hemp uss de Schoh, sieht scheiße uss!" setze ich noch hinzu. Die Scherze bleiben uns jedoch im Halse stecken, als die groteske Gestalt mit den schwarzglänzenden Lederhandschuhen ein mittelgroßes Vorhängeschloß aus der linken Tasche seines hochgeschlossenen Nadelstreifenanzuges zieht und....wir kichern nun ziemlich laut....."Der Typ schließt sein Tipi ab!" Frank kann nicht mehr an sich halten und prustet laut los. Und nicht nur Frank. Wir alle lachen lauthals. Auch die Typen, die hinter uns lagern – übrigens Australier, wie wir sehr bald feststellen werden – begleiten den stockseifen Abgang dieses ‚Kinderschänders', wie wir ihn bei uns genannt haben, mit anhaltendem Gelächter. Es dauert ganz schön lange, bis wir uns endlich wieder einkriegen.

Als wir das soeben Geschehene endlich verarbeitet haben, holt Erol-Wachsamer-Elch die Gitarre aus seinem Doppeltipi und fängt an, ihre Saiten zu bezupfen, so lange, bis Karl D. es nicht mehr aushält.

„Her damit, Typ!" Kurzentschlossen entreiße ich ihm mein Baby, er kann eh nix damit anfangen, und beginne mit meinem Programm (könnt Ihr Euch im Sommer anhören, in Köln, neben der Mülheimer Brücke, am Rhein, auf dem Mäuerchen vor der Rheinschule, umsonst und draußen).

„Oh, Guitarr!" lallt einer der Australier und robbt zu uns rüber. Die anderen folgen ihm in den unterschiedlichsten Besoffenheitszuständen. Wir verstehen uns auf Anhieb. Globetrotter aller Länder, vereinigt euch, und schon bald sitzen wir im trauten Beisammensein um das real nicht vorhandene Lagerfeuer unserer Neben-Tipis herum. Mindestens ein Dutzend Leute aus sechs verschiedenen Nationen: Neuseeland, Australien, Deutschland usw. Einige wollen nach Frankreich, zur WM, wir aber nicht. Ein paar Bräute (mit Anhang) wollen auch in die Algarve-Wo-Immer-Das-Sein-Mag. Sie sind sich seltsamerweise sicher, daß die Algarve in Südportugal liegt. Frank ist ungewöhnlich still an diesem Abend. Ich vertraue ihm.

Natürlich verstehen wir uns, mit freundlicher Unterstützung einiger spanischer Brauereien, so gut, daß wir uns für den nächsten Tag mit ihnen (den Bräuten) verabreden, um gemeinsam den Weg fortzusetzen. Doch erst einmal stelle ich den versammelten sechs Nationen Karl D. vor. Es wird eine lange Nacht. Karl D. kommt gut an, wir auch.

Die Party erreicht ihren Höhepunkt, als Erol noch einmal zum Camping-Café gegangen ist (ich frage mich noch heute, wie er das in seinem Zustand geschafft hat), um Nachschubbiere zu besorgen sowie eine riesige Mammutflasche Branntwein.....uuups. Das ist das Ende, denkt meine Mam in mir, doch ich schließe den Kühlschrank und wende mich der neuen Aufgabe zu. Die Flasche macht ihre Runden, so wie all die übrigen Flaschen der sechs versammelten Nationen auch. Es wird laut gegrölt, gesungen, gelacht, geflirtet natürlich, denn mittlerweile haben Frank, Erol und ich natürlich, ab in die Algarve, sehr wohl das braungebrannte Fleisch der weiblichen Anwesenden entdeckt.

Als es ganz dunkel geworden ist, wir alle haben davon nichts bemerkt, kommt der Camping-Wart und droht uns mit noch freundlicher Stimme, unsere Party aufzulösen, falls wir nicht umgehend ruhiger sind. Wir alle finden das überaus erheiternd. Nach weiteren 10 Minuten ist seine Stimme schon nicht mehr so freundlich – das ist sogar noch lustiger. Als er uns nach weiteren 5 Minuten, fast ebenso laut brüllend wie wir, unmißverständlich klar macht, daß wir unverzüglich den Campingplatz zu räumen haben, falls wir nicht gewillt sind, unser Meeting abzubrechen, ziehen wir uns auf den 100 Meter weiter liegenden Parkplatz zurück, ein weites, offenes Gelände mit Asche bedeckt, wenig Autos.....viel Raum für unsere Stimmen. Wir alle finden das so ungeheuer spaßig, daß der liebe Platzwart uns am nächsten Tag samt und sonders vom Platz schmeißen wird. Wir wollten ja eh gehen.

Jedenfalls ist dies der erste richtige Urlaubstag, den wir auf unserem Weg in die Algarve-Wo-Immer-Das-Sein-Mag erleben. So haben wir uns das vorgestellt, genau so....Wein, Weib und Gesang. Einer der Australier ist übrigens sogar noch besser auf der Gitarre als ich, weit besser sogar.....er kann so ziemlich jedes Lied spielen, das man sich wünscht. Normalerweise nehme ich so etwas als Herausforderung an und versuche, Karl D. ins Englische zu übersetzen oder ‚A stairway to heaven' zu spielen, aber das weibliche Fleisch zu meiner Linken ist nett und besoffen, also lasse ich den Australier für dieses mal gewähren.

Das letzte, woran ich mich an diesem Abend noch erinnern kann, ist, daß plötzlich der ‚Kinderschänder' aus der uns umgebenden Finsternis auftaucht. Ich weiß noch, daß er unseren Kreis zweimal umrundet hat, auf der Suche nach einem Sitzplatz, doch niemand ist beiseite gerückt. Kurz darauf verschwindet Erol-Wachsamer-Elch mit der ihm eigenen Lautlosigkeit. Ich hatte noch feststellen können, daß dieses Mal nicht nur sein Zopf, sondern sein ganzer Kopf in äußerst desolatem Zustand war, da ist er auch schon weg. Wenige Minuten später titscht Frank in verworrenen Schlangenlinien vondannen, dann fängt es auch noch an zu regnen, und kurz darauf löst sich das 6-Nationen-Treffen geräuschvoll auf.

Paul-Schnelle-Entscheidung-Der-Leider-Nicht-Zum-Zuge-Gekommen-Ist, was das weibliche Fleisch betrifft, bahnt sich mutterseelenallein seinen Weg über die unendlichen Weiten des Campingplatzes, zurück zum kuscheligen Ein-Mann-Tipi, aus dem ihm ein dicker Schwall furz- und fahnengetränkter Luft entgegenwallt. Frank schläft laut und Paul folgt ihm schneller, als er sich seiner bierfeuchten Kleidung entledigen kann.

7. Juni 1998

„Sin die fun dir?"

Ich rappele meinen erstaunlicherweise noch vorhandenen Körper in eine halb sitzende Stellung hoch, öffne automatisch die Augenlider, derweil mein erstaunlicherweise ebenfalls noch vorhandener Kopf mich mit lautem Dröhnen begrüßt und sehe sie....

„Kondoohme?" frage ich in die zunehmende Hitze hinein. Frank furzt.

„Die sin he överall! Un ming Portemonnaie ess fott!" Bevor ich mitansehen muß, wie Frank, mein Freund und Helfer, in Tränen ausbricht, gewahre ich die Kondom-Päckchen-Flut um uns herum, die über Nacht über unser trautes Heim hereingebrochen ist.

Während Frank laut furzend und vor sich hin murmelnd davon trottet: „Wo kann das denn nur sein?" überlasse ich mich fleischigen Was-Wäre-Wenn-Träumen. Kurz darauf taucht er wieder auf, erfüllt von energiegeladener Ekstase. Er hat sein Portemonnaie auf dem Parkplatz gefunden. Vollständig, mit allem Geld und allem Drum und Dran.

Jetzt aber erst mal Frühstück, trocken Brot macht Wangen rot. Die Köpfe lassen noch kein Bier zu. Erols gesamter Körper sieht heute morgen desolat aus, und er macht mir nicht den Eindruck, als habe er die Absicht, daran etwas zu ändern. Die Duschen sind sehr weit. Während wir noch mit Inbrunst in aller Ruhe das restliche Brot sowie ungefähr einenviertel Scheiben Käse vertilgen (noch fällt kein Wort) , erscheint der übernächtigt aussehende Platzwart.

„Donde esta futschikato!" schimpft er energisch.

„Gut", erwidere ich lakonisch. „Wir wollten eh geh'n." Wir kichern alle und lauschen seiner langsam über den Platz wandernden Stimme. Wir sind wohl nicht die einzigen, die diesen Ort verlassen müssen.

Nach dem Frühstück brechen wir unsere Tipis ab und beschließen, da unsere Barschaft in erschreckendem Maße geschwunden ist, den Weg in die Algarve-Wo-Immer-Das-Sein-Mag erst mal eine Weile zu Fuß fortzusetzen. Franks Mundwerk ist heute morgen wieder ziemlich aktiv: „Da lang, ist doch klar!" Wir machen uns also wieder einmal auf den Weg, den wir übrigens am Vortag zwischen Tote-Fische-Gucken und Judas-Bier auf beste (geräuschlose?) Indianermanier ausgekundschaftet haben. Frank kann ich schon vor meinem Aufbruch nicht mehr sehen, Erol kann sich, wie immer, nicht entscheiden und ich….Paul ist faul (warum hab' ich auch die Wechselgarnitur eingepackt? An das Werkzeug denke ich in diesem Moment noch nicht).

Mehr oder weniger kurz darauf, mein Körper hat bei dieser Kletterei leider schon den gesamten Restalkohol vom Vortag ausgeschwitzt, renne ich in zwei Typen rein, die mit offenen Mündern vor mir stehen. Ich folge ihren Blicken mit dem meinen und öffne ebenfalls den Mund. So müssen wir eine geraume Zeit lang dagestanden haben, in den Anblick von San Sebastian versunken, dieser schönen, sehr schönen Stadt, in einer malerischen Bucht an der Atlantikküste gelegen. Als ich mich endlich von dem Anblick losreißen kann, ist Frank schon nicht mehr zu sehen, Erol befindet sich auf halbem Weg zwischen ihm und mir, ich stöhne auf und setze meinen Arsch in Bewegung.

Berg und noch ein Berg und noch einer. Ein Panorama jagt das andere. Wir latschen über Stock und Stein. Die Straße, die wir am Vortag ausgekundschaftet hatten, wird mit der Zeit immer kleiner und holperiger, bis sie schließlich ganz verschwindet. In einem leeren Bachlauf, zerkratzt von knochentrockenem Gestrüpp um uns herum, Muskelkater vom Zäuneklettern sollte ich auch erwähnen (Frank weiß wirklich, wo's langgeht), renne ich schließlich erneut in zwei Typen rein.

„Guck mal, Kühe", empfängt Frank mich und deutet durch das Gebüsch hindurch auf eine magere Weide, auf der eine Handvoll klappriger Kühe steht und verloren vor sich hin kaut.

„Da schneide ich mir jetzt mit dem Bärentöter ein Stück raus!" ergänzt Erol und leckt sich über die Lippen.

„Ja, ja. Wir können ja hinterher ein Pflaster drauf kleben", sage ich nur. Dies soll einer unserer Running-Gags werden.

„Mir sin he falsch!" eröffnet Frank mir dann wie beiläufig. Er weicht meinem Blick aus und ist auch schon wieder auf dem Weg zurück, bevor ich überhaupt begriffen habe, was hier eigentlich vor sich geht.

„Du Arschloch!" keife ich Erols schwindendem Rücken hinterher, verfluche Karl D. und die Ersatzstrümpfe und kraxele kühmend hinter meinen Sklaventreibern her. In der Ferne ertönt ein leises Geräusch, als öffne jemand einen Kühlschrank. Mamas Gesicht taucht kurz vor mir auf, sie lächelt wissend, und dann verschwimmt alles in der Affenhitze.

Klar, natürlich weiß ich nicht mehr, der wievielte Berg es ist, den ich mittlerweile erklettert habe, und wer die Pyrenäen kennt, weiß, was das heißt, da renne ich wieder mal in zwei Typen rein, naja, rennen ist wohl ziemlich übertrieben, stolpern wäre angebrachter. Frank deutet mit leuchtenden Augen auf eine Brücke, die einzige Brücke, die wir von diesem Berg aus sehen können. Die einzige Brücke also, die über einen reißenden Fluß-Bach führt, den wir jedoch, wie Frank uns versichert, auf jeden Fall überqueren müssen, wenn wir jemals in der Algarve-Wo-Immer-Das-Sein-Mag ankommen wollen, egal, wo die liegt.

Zwischen unserem derzeitigen Standort und der Brücke liegen noch etliche Berge, bewachsen mit dichtem Dornengestrüpp, hohen Hecken und mehr.

„Boh", sage ich und lasse meinen müden Blick über die zerkratzten Beine meiner Kumpanen gleiten. „Coole Wäch häste he usjesöööök!" Wenn ich nicht so erschöpft wäre, würde ich wohl langsam an Franks Fähigkeiten zu zweifeln beginnen, da er sich jedoch bereits auf halbem Weg zwischen mir und der Brücke befindet, bevor ich überhaupt noch einmal den Mund aufmachen kann, hebe ich mir die Wut für später auf, das heißt, falls ich die nächsten Stunden überleben sollte.

Stunden später hat Frank uns dann mit sicherem Schritt in die tiefe Schlucht unterhalb der Brücke geführt. Erol wendet den Kopf und nickt in Franks Richtung. Zwischen seinen Augenbrauen ist eine steile Falte aufgetaucht, was bei ihm nichts gutes heißt. „Wie kumme mer jetz do erop?" fragt er.

„Ich will nicht mehr! Ich kann nicht mehr!" Wenn ich meinem Körper auch nur einen Tropfen Feuchtigkeit entringen könnte, wäre ich in diesem Moment wohl in Tränen ausgebrochen. So aber lasse ich mich einfach auf einen dicken Stein fallen, der Rucksack purzelt in den Staub, und betrachte meine blutüberströmten Beine.

Erol tut es mir gleich, auch er denkt wohl mit einigem Herzschmerz an das sonnenbeschienene Mäuerchen am Rhein, wo jetzt bestimmt unsere restlichen Kumpels und Kumpelinnen sitzen, mit einer kühlen Flasche leckeren Gilden-Kölsch in der Hand, und sich wahrscheinlich fragen, wie es wohl in der Algarve-Wo-Immer-Das-Sein-Mag sein mag.

Frank ist natürlich klar, daß wir kurz davor stehen, ihm nicht mehr zu vertrauen. Frank setzt sich nicht. Frank läßt lediglich seinen Rucksack fallen, nachdem er uns mitgeteilt hat, daß da Leute rumlaufen: „Da gibt's bestimmt irgendwo Bier!" und schon ist er auf dem Weg, uns ein paar Friedens-Flaschen zu besorgen. Sein Glück.

Tatsächlich taucht er nach einer halben Stunde auch schon wieder auf, die Friedens-Flaschen unter dem Arm. Jetzt darf er sich setzen. Ich bin mir aber durchaus noch nicht im klaren darüber, ob er auch trinken darf und werfe ihm sicherheitshalber schon mal einen überaus giftigen Blick zu, so giftig, wie ich nur kann, aber es hilft nichts. Er hat die Flasche schon geköpft und sich an den Hals gesetzt. Sein Adamsapfel titscht auf und nieder. Ich ergehe mich in brutalen Phantasien.

„Her damit, du Freggle!" Eine geraume Weile über sind nur noch laute Schluckgeräusche zu vernehmen.

Die Pause ist vorüber. Wir wissen, daß wir weiter müssen. Frank, der sich schon erhoben hat, teilt uns mit recht leiser Stimme mit, daß wir erst einmal einen Weg aus der Schlucht heraus finden müssen. „Da geht's lang", sagt er und deutet in die Richtung, aus der wir vor gar nicht langer Zeit gekommen sind.

Mit knarrenden Gelenken hieve ich meinen strapazierten Körper in die Höhe (ich muß inzwischen so etwa 10 Kilo abgenommen haben) und hebe den Rucksack an, nur, um ihn sogleich laut fluchend wieder fallen zu lassen.

„Su läuf et nit! Raus mit dem Werkzeug!" Schwupp, den Rucksack geöffnet, schwupp, weg mit der Rohrzange, weg mit den Schraubenziehern, weg mit den Schraubenschlüsseln, weg mit den.....Erol hält meinen Arm fest. Ich schaue zu ihm hoch: „Wat wills du dann?" Ich spüre die Blitze hinter meinen Augäpfeln sprühen. „Eine Unterhose brauchst du schon noch", sagt er arglos und lächelt mich mit seinem unwiderstehlichen, schiefen Lächeln an. Also belasse ich die Unterhose und ein Paar Strümpfe, wo sie sind, schließe, derweil ich mich erstaunlicherweise zum ersten Mal im Verlauf unserer bisherigen Reise frage, wozu ich eigentlich das Werkzeug mitgenommen habe, den Rucksack und wuchte ihn mir auf den Rücken. Er ist immer noch zentnerschwer.

Als ich mich umdrehe, höre ich Frank von Ferne rufen: „He is ene Wäch!" Erol hat sich diesmal dazu entschlossen, Franks Fähigkeiten als Fährtensucher und Reiseleiter zu boykottieren und wartet, bis ich meinen gequälten, ausgemergelten....Mama? ....Körper in Bewegung gesetzt habe.

Wieder Stunden später (dieser Tag hatte ganz sicher doppelt so viele davon wie ein herkömmlicher), nach etlichen Bergen, Gebüschen etc., sind wir dann endlich oben auf der Brücke. Wie wir später von ein paar Leuten erfahren sollten, ist der Weg von San Sebastian bis zu jener Brücke normalerweise nicht so weit, aber die Route, die wir auf Franks Vorschlag hin eingeschlagen haben, oh Mann, oh Mann!

Jo....Auf der Brücke. Der Weg zieht sich auf beiden Seiten bis in ewige Fernen hin und natürlich entschließen wir uns diesmal dazu, keine Abkürzung zu nehmen. Frank bleiben die Ideen im Halse stecken, als wir beide, Erol und ich natürlich, ihn mit stieren Blicken zum Schweigen bringen. Trotzdem müssen wir jetzt erst mal wieder eine Weile laufen. Frank bleibt diesmal wohlweislich in Sichtweite, Erol schlendert an meiner Seite daher. Er weiß um meinen derzeitigen Zustand. Und ich: Paul ist faul und hat es auch noch ziemlich schwer....Mama!

Irgendwann kommen wir dann in Zarautz (oder so) an. Eine kleine Stadt am Rande, recht hübsch, ganz anständig. Sehr hübsch finde ich sie ab dem Moment, als ich einen Laden entdecke, in dem man Bier erstehen kann, sowie eine Haltestelle, S-Bahn-mässig, an der Frank natürlich schon sitzt, ein Bier in der Hand, die restlichen Flaschen warten im Schatten auf uns. Wir folgen ihrem Ruf, lassen uns auf die Holzplanken einer echten spanischen Spartano-Bank sinken und geben uns stillschweigend die Kante. Die Sonne prallt auf uns herab.

Ich betrachte ein paar Jungs, die neben uns auf einem Schulhof Fußball spielen. Die können das wirklich, die Spanier. Kurz denke ich an unseren Freund, den Taxifahrer. Ich träume eine Weile herum (auch Mama taucht auf, sie muß wohl gerade eingekauft haben), da erscheint plötzlich ein pinkfarbenes Stoffmäuschen vor meiner Nase.

„He", sagt Frank, „Pink lady!" Ich kann wieder lachen, stelle ich verwundert fest, und nehme das rosa Stoffmäuschen, nach dessen Herkunft ich erst gar nicht fragen möchte, aus seiner Hand, drücke es an meine eingefallene Brust. Oh.....Herzschmerz. Jetzt ist alles wieder gut. Ich mag Frank. Frank ist mein Freund. Ich vertraue Frank, wenn auch nicht mehr ganz so felsenfest wie noch am Morgen. Dennoch, er hat uns zu dieser Haltestelle geführt. Ohne ihn würde ich wohl jetzt immer noch in Köln auf dem Mäuerchen sitzen, mit einer Flasche Gilden-Kölsch, Karl D. neben mir....daheim der prallgefüllte Kühlschrank....Mama! Ich schüttele den Kopf und konzentriere mich auf meine besten Freunde, werde gerade noch gewahr, daß vor der Haltestelle lediglich ein paar Gleise verläuft, da kommt auch schon ein Zug (oder so). Ab dafür. Frank. Erol und ich natürlich. Ab in die Algarve. Na klar!

Jo... eine Station weiter müssen wir wieder aussteigen. Frank weiß wieder, was läuft und sein Mundwerk steht nicht still. Am Bahnhof treffen wir auf ein deutschsprachiges Pärchen. Frau (Wein, Weib und Gesang) und Mann. Wir erzählen ihnen von unserem bisherigen, ereignisreichen Weg in die Algarve-Wo-Immer-Das-Sein-Mag und ich frage den Mann: „Un du?"

„Wo ist denn hier das Land der Sonne?" entgegnet er. Wir alle lachen endlich.

„Du bist mittendrin!" erkläre ich ihm, während sie in einen Zug einsteigen, der soeben eingefahren ist, die Frau und der Mann.

„Schmeiß die Mama aus dem Zug!" brüllt Frank frohgelaunt dem fahrenden Gefährt hinterher. „Loß die he!" schreit er noch ein mal und dreht sich um....da steht Maida vor ihm, als könne er zaubern. Maida ist hübsch, äußerst hübsch. Ich lasse dezent das rosa Stoffmäuschen hinter meinem breiten Rücken verschwinden und grinse die hübsche, freundlich fleischige Maida an. Die Verzweiflung der Gene macht sich langsam bei mir bemerkbar, wenn Ihr versteht. Es muß Jahre her sein, daß ich das letzte Mal so richtig....hehemm. Ja, Mama ist gut, Mama. Ich grinse nur.

Frank, unser Wortführer, findet Maida dermaßen freundlich, hübsch usw., daß er ihr unsere vorletzte Uhr schenkt. Ich bin ein bißchen traurig darüber, daß ich keine Uhr habe, die ich ihr schenken kann und wische mir in Gedanken eine vereinzelte Träne von der Backe. Erol-Wachsamer-Elch ist jetzt unsere einzige Verbindung zur Realität. Er allein kann uns sagen, welche Stunde schlägt, und wem, wahrscheinlich auch, denn Erol ist pragmatisch und, wie schon erwähnt, unerhört wachsam. Django klopft ihm von hinten anerkennend auf die Schulter und flüstert ihm etwas ins Ohr. Erol lächelt, legt den Kopf schief und sieht mich mit diesem wissenden Blick an, der mich jedesmal ganz unsicher macht. Vielleicht sollte ich mich doch besser etwas mehr an ihn halten, denn er weiß letztendlich immer, was wirklich zu tun ist, wie er schon mit den Häppchen bewiesen hat. Unentschlossen lasse ich meinen Blick zwischen Erol und Frank, der sich immer noch aufopfernd um Maida kümmert, hin und her wandern. Irgendwie ist mein Kopf heute arg in Mitleidenschaft gezogen. Muß wohl an der Sonne liegen und an den Bieren, denen von gestern und denen von heute und überhaupt.

„Bralall....." sage ich dann doch, beschließe insgeheim irgendetwas, das selbst ich nicht verstehe, und proste Erol zu. Maida zeigt sich jedoch nicht sehr beeindruckt von meinen sprachlichen Fähigkeiten und hält sich auch weiterhin an Frank, den reichen Gönner.

„Bralall....." denke ich laut und streiche hinter meinem Rücken dem rosa Stoffmäuschen über den flauschigen Bauch.

Der nächste Zug rattert heran. Maida steigt mit uns ein. Eine Station fährt sie noch mit uns bzw. Frank mit, dann muß sie aussteigen. Frank ist erst mal eine Weile still, gedankenverloren reibt er sein uhrloses Handgelenk.

„Hoch die Tassen", lalle ich, um ihn aufzumuntern und wundere mich darüber, daß nicht ‚Bralall' herausgekommen ist. Paul ist faul, Paul hat es ziemlich schwer, und Paul ist.....jawohl.....schüchtern. Soweit, sogut.

Der S-Bahn-ähnliche Zug schraubt sich in die steilen Berghänge hinein. Wir lassen es uns gut gehen, schütten, was das Zeug hält, und unterhalten die übrigen Fahrgäste. Am Rande nur nehmen wir die stattliche Anzahl der Haltestellen wahr, die wir auf unserem langen, langen Weg nach Bormeo, unserer nächsten Anlaufstelle (laut Frank), passieren.

„Sin mer he nit schon ens vorbei jekumme?" frage ich irgendwann meine allwissenden Kameraden.

„Jetz, wo de et sääß!" erwidert Frank, verstummt und schaut aus dem Fenster auf eine langsam vorübergleitende Station, die wir schon so ungefähr zwei bis drei mal gesehen haben müssen.

„Is doch wurscht", wirft Erol ein, pragmatisch wie immer.

„Der fährt auf jeden Fall nach Bormeo, was wollen wir mehr?"

Also bleiben wir sitzen und wenden unsere geballte Aufmerksamkeit wieder den noch zu leerenden Flaschen zu. Abgesehen vom ständig vorherrschenden Durst macht sich langsam der Hunger bemerkbar. Wie durch ein Wunder zuerst bei Frank.

„Freunde, ich hab' da eine Idee", teilt er uns mit, kramt aus seinem Rucksack den 10-Eier-Karton hervor, den wir noch in San Sebastian erstanden hatten, entnimmt ihm eines, schlägt die Schale an den unteren Schneidezähnen auf (was für ein Kerl) und läßt die glitschige orange-durchsichtige Masse in seinem bodenlosen Schlund verschwinden. Alles in einer Bewegung.

„Gute Idee das", pflichten wir, Erol und ich natürlich, ihm bei und tun es ihm gleich. Die Leute um uns herum beginnen, mit den Köpfen zu schütteln, als hätten sie den Tatterich, wir lassen uns jedoch nicht beirren und schlürfen fleißig weiter, bis auch das letzte Ei den Weg alles Irdischen genommen hat. 10 durch 3 macht 3 für Frank, 3 für Erol und 4 für mich! Leckerschmecker!

Es wird eine lange Reise. Mittlerweile ist es uns jedoch zu blöde geworden, Erol ständig nach der Uhrzeit zu fragen, auf jeden Fall kommen wir irgendwann doch noch in Bormeo an, steigen aus und stellen verwundert fest, daß all die Leute, die wir mit Händen und Füßen nach dem Weg in die Algarve fragen, oder wo immer Frank uns als nächstes hinzuführen gedenkt, überraschend nett und hilfsbereit sind. Nicht so wie in Frankreich. No, Sir. (Die Franzosen, die sin dropp!)

Die Leute sind hier also superfreundlich, nett und hilfsbereit. Es dämmert so langsam. Wir sind auf dem Weg, uns einen Schlafplatz zu suchen, das haben wir uns nach diesem schweißtreibenden Herumgeklettere am Vormittag auch redlich verdient. Auf dem Weg zu unserem imaginären Schlafplatz, womöglich in einer kuschelig romantischen Bucht unter freiem, wie gehabt, sternenübersätem Himmel, schlendern wir nach bester weltmännischer Touristen-Art durch Bormeos ansehnliche Altstadt und gelangen schließlich zu oben erwähnter malerisch romantischer Bucht, mit sternenübersä....

„He stink et wie om Abtritt!" Erols Pragmatismus fährt zur Hoch-form auf.

„Puuuuh!" kontere ich geschickt und halte mir mit der freien Hand die Nase zu, mit der anderen balanciere ich das rosa Stoffmäuschen, eine halbleere Flasche des landesüblichen Bieres und meine Gitarre.

„Uff!" Frank hat sich bereits herumgedreht und ist, wieder mal, auf dem Weg in die Richtung, aus der wir soeben gekommen sind. „Hier können wir auf keinen Fall pennen", hören wir noch und folgen ihm, schnell, überraschend schnell, auf dem Fuß, nur raus aus dieser Bucht. Ich drängele mich an Erol vorbei - der Rucksack ist wirklich erheblich leichter geworden, seitdem ich am Mittag die 20-Kilo-Werkzeuge daraus entfernt habe -, und bin gerade dabei, Frank zu überholen, als „Da schlafen wir!" – Franks Worte – mich jäh ins Hier und Jetzt zurückholen. Er zeigt auf einen kleinen, natürlich über und über mit dornigem Gestrüpp bewachsenen Hügel. Ich will gerade wieder anfangen, giftige Blicke hinter meinen Augäpfeln anschwellen zu lassen, da trägt eine aufkommende Brise mir den abscheulichen Gestank von Fäkalien und sonstigen Scheußlichkeiten in die (immer noch recht empfindliche) Nase. Ich bin als erster oben auf dem Hügel, der, wie ich nur vage wahrnehme, während die Gebüsche, Steine und Sträucher nur so an mir vorbei fliegen, wohl recht häufig besucht wird. Das muß an dem Gestank liegen, denke ich und bin schon oben angelangt. Frank und Erol schnaufen hinter mir her.

Jetzt ist es, bis auf die Sterne, die uns auch diesmal nicht in Stich lassen, stockdunkel. Paul-Schnelle-Entscheidung baut das Ein-Mann-Tipi auf und freut sich bereits auf die kuschelige Wärme, die er bald mit seinem Lappenbudengenossen teilen wird. Die Knochen schmerzen, die Muskeln sind kaum noch vorhanden.

„Ich brauch' kein Zelt für eine Nacht", brummt Erol-Wachsamer-Elch und läßt sich, die Wachsamkeit jedoch von sich abstreifend, wie eine abgetragene Haut, vor unserem Zelteingang niedersinken. In einem anderen Leben muß er mal auf den Namen ‚Hasso' gehört haben, fährt mir noch durch den Kopf, dann lasse ich mich mit wohligem Ächzen zurücksinken und schließe die Augen. Ich fühle mich groß und stark....und geborgen.....Frank zu meiner Rechten, Erol zu meinen Füßen......ich sehe ihn im herannahenden Traum mit den Pfoten zucken, als jage er hinter einem Kaninchen oder so her, es kann aber auch eine Flasche Gilden-Kölsch sein....irgendein Köter in der Nachbarschaft kläfft ununterbrochen, ich schreibe es Erol zu, sehe sein Mäulchen sich öffnen: „Kläff, Wau, Geifer!" Das Näschen glänzt, Ohren und Pfoten zucken.....vor dem Tipi raschelt das Häschen im Gebüsch..... Hoffentlich verscheucht der Bauer, der bestimmt Besitzer des Kläffers ist, uns nicht, denke ich und fahre aus dem Schlaf hoch, die Augen weit geöffnet, um in der Finsternis erkennen zu können, was da in echt im Gebüsch vor unserem Tipi herumraschelt. Vor mir ragt die dunkle Gestalt Erols im offenen Zelteingang auf, der sich wieder aufgesetzt hat, und davor, etwa 10 Meter von uns entfernt, die noch dunklere Silhouette eines Mannes, eines Basken, jawohl, eines Basken (was sollte es auch sonst sein, wir sind hier ja schließlich im Baskenland).

Während ich dabei bin, meine müden Gedanken zu ordnen, sehe ich Erols Bärentöter im (eigentlich nicht vorhandenen) Mondlicht aufblitzen, in seinem Haar steckt eine Adlerfeder. Rechts neben mir bewegt sich etwas mit rasender Geschwindigkeit. Als ich mich gerade umdrehen will, um nachzuschauen, was sich da bewegt hat, gewahre ich die ebenfalls dunkle Silhouette meines Freundes und Weggefährten Frank, der mit elastischen Sprüngen auf den Basken zueilt.

„Frank...." flüstere ich. Erols Rücken strafft sich zum Sprung. Der Bärentöter glitzert tödlich in seiner rechten Hand.

„Blubber, fino kosta mucho....blubber.....hähä!" hören wir die Stimme des Basken sagen, und „Hahaha?" aus Franks Mund die Antwort. Schon kommt er wieder zurückgetitscht (Erols Indianerfeder verschwindet, sein Rücken entspannt sich).

„Wir sind hier aufem Schwulenhügel von Bormeo gelandet!" blubbert Frank los. „Der wollte mich glatt anbaggern!" Erst hatte der Baske, wie Frank dann kichernd erzählt, wohl eine Geste gemacht, die, in Franks Augen zumindest, kiffen andeuten sollte, was jener selbstverständlich bejahte. Wie sich dann jedoch herausstellte, hatte der Baske jedoch die Absicht, von Frank einen geflötet zu bekommen, was jener selbstverständlich ablehnte. Seltsame Gebräuche haben die hier im Baskenland.

Die Gedanken von sich zusammenrottenden Baskenhaufen, angestachelt von schwelendem Vendetta-Haß oder ähnlich schrecklichen Antriebsmitteln, weichen wild heranrollenden Wellen von Gelächter, und schon krümmen unsere Leiber sich im Staub, taucht unser Lachen den stillen Schwulenhügel von Bormeo in gleißendes Licht. Schnell packt der Schwulenbaske sein Handy und verschwindet im Gebüsch. Was für ein Typ! Was für eine Reise! Was für ein Glück, daß wir immer noch breit sind, sonst müßten wir runter nach Stinke-City, Nachschub besorgen, um dieses Ereignis gebührend feiern zu können.

„Nacht!" ertönt es wenig später.

„Jo, schloof joot."

„Hoffentlich allein!"

„Schnarch...."

„Wau!"

„Mama?"

8. Juni 1998

Moin, moin.
Mit zusammengepappten Mündern brechen wir gemeinsam das Ein-Mann-Tipi ab. Erol verstaut seinen Bärentöter und wir machen uns auf den Weg in die Stinkecity Bormeo, Kaffee im Sinn. Schnell finden wir ein Café (oder wie immer das auf schwulen-spanisch-baskisch heißt), aus dem uns verheißungsvoller Kaffeeduft entgegenschlägt. Meine Eingeweide rumoren bei dem bloßen Gedanken an Nahrung auf äußerst eindringliche Art und Weise. Nach dem ersten Schluck des schwarzen, heißen Gebräus verlasse ich, Paul-Schnelle-Entscheidung, fluchtartig den Saal, auf der Suche nach einem WC. Mein Darm hat sich wohl dazu entschlossen, seinen Teil dazu beizutragen, daß Bormeo stinkt. Auch Franks und Erols Därme scheinen den gleichen Entschluß gefaßt zu haben. Nacheinander besuchen wir die landesüblichen Örtlichkeiten, die Toiletten, was hier nicht mehr bedeutet als ein tiefschwarzes, stinkendes Loch in der Erde, von dicken Brummern umschwirrt. Aber wenigstens Wände gibt es, die uns vor den Augen der schwulen Basken abschirmen, die, wie wir meinen, überall auf uns lauern. Für Kameras (versteckte) haben die ja wohl kein Geld, oder?....obwohl, für Handys schon.

Nachdem wir unsere verschieden konsistierten Geschäfte erledigt haben, stinkt auch der Kaffee zum Himmel. Kurzentschlossen suchen wir eine Örtlichkeit auf, die man in Köln Kiosk nennen würde, um, na was wohl, jaaa, richtig geraten, einiges an Bier, Serveca, bière, Bölkstoff zu besorgen. Schwupp, die Flaschen auf und hoch die Tassen. Frank, Erol und ich natürlich. Ab in die Algarve. Auf jeden Fall aber erst mal weg aus dieser unerhört eigenartigen, spanisch-baskischen Schwuchtel-Kloake (ich persönlich habe eigentlich nichts gegen Homosexuelle, um das mal klarzustellen, ich bin ja schließlich tolerant).

Die Sendung läuft in langsam warm werdenden Schwällen unsere ausgedörrten Kehlen hinab, während wir uns zum Bahnhof von Bormeo aufmachen. Ab in den nächsten Zug (schwarz natürlich) nach Bilbao, wo wir umsteigen müssen, in Richtung Santander oder so ähnlich.

Auf der Fahrt nach Santander, jede Menge Bier im mittlerweile recht zusammengeschrumpften Gepäck (ich schmeiße an jeder unserer Stationen irgendetwas weg), schlummert Erol friedlich vor sich hin. Ich, mit dem Rücken zur Fahrtrichtung sitzend, unterhalte mich mit meinem Freund und Wegweiser Frank. Alles ganz friedlich. Wir sind auch noch nicht voll auf Sendung, aber die Haubitzen sind sicher im Gepäck verstaut. Plötzlich fängt Frank zu singen an, laut und zappelnd: „Porequito.....porque do, oho!......" Ich denke schon Wunders was es da zu sehen gibt (erst mal denke ich selbstverständlich an ein schönes Mädchen, in Pink vielleicht?). Nichts da. Mitten in der Pampa, weit und breit kein Baum, Haus, Bach, ganz zu schweigen von grünem Gras etwa, steht ein knorriger, alter Esel wie'n Schluck Wasser in der Kurve. Die spinnen, die Basken, aber ohne Flax. Unser lautes Lachen weckt Erol-Wachsamer-Elch, der sich weit aus dem Fenster beugt, um noch ein Wort des Trostes an den armen, kleinen, verdurstenden , darbenden, von Gott und der Welt verlassenen Esel zu richten, bevor auch er in lautes Gelächter ausbricht. Der Tag ist gerettet, das muß erst mal gefeiert werden, begossen, meine ich. Als wir in Santander/Salamander? ankommen, haben wir unser Standard-Level erreicht, aber der Biervorrat ist schon wieder alle.

Aber klar. Auch Santander ist eine schöne Stadt, eine sehr schöne Stadt, eine sehr, sehr schöne Stadt, für mich persönlich die allerallersupermegageilschönste Stadt überhaupt auf der ganzen weiten Welt (und ich hab' schon so einiges gesehen, das könnt Ihr mir unbesehen glauben). Eine Stadt zum Geburtstag feiern und Heiraten in einem Schub. Meine dritte Hochzeit werde ich auf jeden Fall dort feiern, falls ich es noch einmal wiederfinden sollte und falls ich noch mal eine Frau finden sollte, die gewillt ist, mir in den Stand der Ehe zu folgen.

Jedenfalls sind wir jetzt also in Santander/Salamander, besorgen uns erst mal Essen und Trinken, besteigen ein Taxi, das leider nicht von einem FC-Jecken gefahren wird und lassen uns zu den Campingplätzen chauffieren (keine Ahnung, warum wir nicht gelaufen sind, wahrscheinlich waren wir einfach zu breit). Zwei davon gibt's in dieser überaus ansehnlichen Stadt. Zwei hübsche, überaus ansehnliche, sehr komfortable und über die Maßen teure Campingplätze.

Wir campen daneben, unter einem alten Leuchtturm, der hoch oben auf den Klippen steht. Neben dem Leuchtturm befindet sich der Eingang zu einem unterirdischen Bunker, über dem widerum sich eine recht große Plattform erhebt. Auf eben dieser Plattform, ein unglaublich phantastisches Panorama vor Augen, schlagen wir an diesem Nachmittag unser Lager auf. Es gibt sogar noch ein teilweise erhaltenes Dach, naja, in Germany nennt man so was anders, unter das wir uns flüchten können, wenn es denn tatsächlich regnen sollte.

Es ist recht früh, als wir an diesem unserem bisher schönsten Campingplatz ankommen, die Sonne verstärkt die Umdrehungen des landesüblichen Bieres, und es ist dann nicht mehr ganz so früh, als Frank schließlich seine Bemühungen aufgibt, die mittlerweile recht verbogenen Heringe zum Zwecke des Tipi-Baus im Betonboden der Bunker-Plattform zu versenken. Wir lassen also das mit dem Tipi und verwenden die Heringe, nachdem wir sie wieder einigermaßen gerade gebogen haben (Muskelmänner aller Länder vereinigt euch!), stattdessen als Grillunterlage. Steine für eine Feuerstelle gibt's im Süden zuhauf, trockenes Geäst ebenfalls. Zum ersten Mal, seitdem wir die heimatlichen Gefilde verlassen haben, haben wir vor, uns ein warmes Mahl zuzubereiten. Frank, mein Freund, bereitet das Mahl, welches aus Brot und Fleisch besteht.

Indessen Frank leise vor sich hin summend bruzelt, beschäftigen Erol und ich uns damit, Angelschnüre an den aus dem Beton herausragenden Eisenverstrebungen anzubringen, um dort die briefmarken-fleckigen Unterhosen vom Vortag aufzuhängen. Einige hatten wir bei der Haushaltung in San Sebastian wohl übersehen, die dann am folgenden Morgen, vom nächtlichen Regen wieder pitschnass, im Rucksack verstaut werden mußten.

Als das erledigt ist, sucht Erol nach einem stillen Örtchen für sein etwas größeres Geschäft (Bormeo liegt uns allen noch schwer im Darm). Kurzerhand weiht er den Bunkereingang in die Gegebenheiten des menschlichen Ausscheidungsvorganges ein, ihn solcherart vor allen Dingen versiegelnd, die da möglicherweise des Nachts herauskommen mögen. Ich glaube nicht, daß irgendjemand oder irgendetwas es wagen wird, über die Schwelle des Bunkers zu treten, egal, in welche Richtung. Abgesehen einmal von Frank und mir, da auch wir ein anhaltendes Rumpeln in den Eingeweiden verspüren. Bierschiß, naja.

Nach dem Mahl erklärt Erol-Wachsamer-Elch sich bereit, unser mickriges Hab und Gut zu bewachen, derweilen Frank und ich uns in Richtung von einem der Campingplätze aufmachen, Nachschub zu besorgen, wie zu erwarten. Auch haben wir eigentlich vorgehabt, die hygienischen Vorrichtungen, sprich die Duschen zu benutzen, an denen wir jedoch kurzentschlossen vorüberlaufen. „Dafür haben wir immer noch Zeit", entscheidet Paul-Schnelle-Entscheidung und läßt sich von Franks entschwindender Glatze zum nächsten Supermarkt leiten.

Es wird dunkler, wir werden voller, und dann kommen, als wir bereits auf dem Rückweg zum Leuchtturm sind, die Autos. Wir sind gerade dabei, den Aufstieg zu absolvieren und können sie von unserem erhöhten Standpunkt aus gut beobachten, wie sie eins nach dem anderen, immer schön ordentlich der Reihe nach, eintrudeln. Langsam fahren sie auf die Wiese und stellen sich mehr oder weniger geordnet nebeneinander auf (wie im Autokino). Dann werden die Motoren abgeschaltet, und die Personen in den Autos, es sind immer jeweils zwei, ein Männchen und ein

Weibchen, rücken näher zusammen und beginnen unter unseren ungläubigen Blicken damit, den flammendroten Sonnenuntergang mit über ausgiebigem Knutschen (und mehr?) zu feiern. Ich kann sie nur zu gut verstehen. Auch ich hätte diesen irrsinnigen Sonnenuntergang, dessen Beschreibung allein schon ein ganzes Buch gefüllt hätte, nur zu gern auf diese Art und Weise gefeiert, obwohl ich bezweifle, daß ich dann noch viel davon mitbekommen hätte, denn: Paul ist nicht in jeder Hinsicht faul.

Indes die Sonne langsam im Atlantik versinkt, wobei sie Farben über den Horizont verstreut, deren Bezeichnungen erst noch erfunden werden müssen, geht in unserem Rücken, über Santander/Salamander, ein riesiger, weißer Vollmond auf. Karl D. will auch mitfeiern und so verbringe ich diese herrliche, leider mal wieder frauenlose Nacht damit, in bester Paul-Manier den Vollmond und das vor uns liegende Meer anzujaulen. Frank, mein Freund, und Erol, mein Freund, unterstützen mich, und so schlimm kann es wohl nicht gewesen sein, denn das geschäftige Treiben in unserem Rücken geht ununterbrochen weiter. Schmacht.....schluck.....egal.

Sanft kuschelt die ausladend runde Hüfte meiner lieblichen Gitarre sich in meine immer noch ungewaschene Achselhöhle. Hier ein Haus hinsetzen, denke ich. Mit allem drum und dran, versteht sich. Kühlschrank, Fernseher usw. Das einzige, was mir an dieser Vorstellung nicht so ganz gefällt, ist der weite Weg, den meine Mam vom Plus-Markt auf der Berliner Straße bis zu meinem Kühlschrank in Spanien zurücklegen muß. Naja, man muß wohl gelegentlich Abstriche machen.

Dies ist der romantischste Abend auf unserer bisherigen Reise und irgendwie schaffen wir es sogar, nicht ganz so breit zu werden wie an den vorangegangenen. Wir sind ja schließlich keine Kulturbanausen, dazu sind ja die Amis da, die an diesem Platz bestimmt erst mal einen Mc-Drive errichtet hätten. Jedenfalls haben wir uns an diesem Abend auf recht ruhige Art unterhalten und uns irgendwann eine halbwegs geschütze Schlafstelle gesucht (der Wind hier oben ist ganz schön heftig). Friedlich schlummern wir von dannen, mitsamt Sternenhimmel des Südens, dem ganzen Urlaubsquatsch eben.

Gute Nacht, Pink lady.

9. Juni 1998

Schluck, denke ich, und mir fällt meine Tochter Tamara ein, eine meiner Töchter (ich liebe, wie gesagt, das weibliche Geschlecht über alles), die an diesem Tag Geburtstag hat, als Frank, der den vergangenen Abend wohl noch nicht ganz verarbeitet hat, mich unnötig grob aus dem Schlaf rüttelt.

Es ist sechs Uhr morgens! Dä hät se ni mi all!

Hat doch tatsächlich schon alles eingepackt, der Spinner!

„Wir müssen weiter, Männer. Der Zug!" und verschwindet den Hang hinunter. Erol und ich reiben uns die Sandmännchen aus den Augen, packen unseren Krempel und schwanken ihm schlaftrunken nach.

Ist ja schon einleuchtend, daß wir früh aufstehen müssen, schließlich geht unser Anschlußzug nach Oviedo zwischen 7 und 8 Uhr, aber es ist, verdammt noch mal, doch mindestens ebenso klar, daß wir diesen Zug verpassen werden! Das war schon von vorneherein klar, so klar wie Kloßbrühe!

An diesem Morgen zeigt mein Vertrauen in Franks Fähigkeiten zum ersten Mal ernsthafte, irreparable Verfallserscheinungen. Erol hält sich zwar bedeckt, aber seiner zwischen den Augenbrauen entstandenen Falte entnehme ich einen eher aufgewühlten Seelenzustand.

Wir japsen hinter Frank her. Serpentinen führen uns in weiten Bögen hinab in die Stadt. Erol ist bei mir geblieben. Erol ist ziemlich sauer. Ich auch. Frank ist so weit vor uns, daß wir uns an so mancher Abzweigung fragen, welchen Weg er wohl genommen haben mag. Wir gehen einfach weiter, geradeaus, sofern möglich. Soll er doch sehen, dieser Leistungsmarsch-Freak, wie er ohne uns zurecht kommt. Dieser gemeine Hund, dieser....Mama!

In diesem Moment der absoluten Hoffnungslosigkeit rennen wir ihn fast über den Haufen. Grinsend sitzt er am Wegrand.

„Ach, sid ihr och schon do?" Er erhebt sich und hüpft voraus. „He jeht et lang!" und ist schon in Santander/Salamander am Bahnhof angekommen, bevor wir unseren Unmut zum Ausdruck bringen können. Django lehnt an der Eingangstüre des Bahnhofs und spielt mit seinem Revolver. Er ist nervös, wie wir. Er hat Durst, wie wir. Zu seinen Lebzeiten ging das alles etwas gemächlicher. Wir stimmen ihm bei, Erol und ich natürlich. Ab in die.....äh, Moment mal.....da fehlt doch was? Ach ja, Frank fehlt.

Während wir verwirrt am Bahnhof herumstehen – wir sind uns sicher, daß wir ihn eben noch gesehen haben -, und wieder mal einen Fahrplan studieren, der nächste Zug nach Oviedo geht erst um 4 Uhr Nachmittags, ist Frank bereits auf dem Weg zum nächsten Bierausschank. Ein Friedensangebot? Keine Ahnung. Nachdem er seinen Kopf noch einmal um die Ecke gestreckt hat, um uns zu rufen, folgen wir ihm, wie immer. Was bleibt uns schon anderes übrig, als uns erst einmal die Kante zu geben – nicht, daß Ihr meint, es käme uns irgendwie ungelegen -, aber Frank hat es an diesem Morgen wirklich fast zu weit getrieben.

Er sollte es aber noch um einiges weiter treiben, wie wir heute wissen.

Den Tag verbringen wir mit der Erkundung der unerhört schönen Innenstadt von Santander. Nachdem wir uns erneut mit flüssigem Proviant versorgt haben, spazieren wir in Richtung Hafen, wo eine lebhafte Diskussion über Sinn und Zweck unserer zukünftigen Geldausgaben entbrennt, da hier eine schmucke kleine Fähre vor Anker liegt, die in allernächster Zukunft die umliegenden Häfen abklappern wird. Eigentlich keine schlechte Aktion, zumal sie auch noch im Rahmen unseres eng bemessenen Zeitplans liegt. Nach einigem Hin und Her kommen wir zuletzt jedoch einstimmig zu dem Schluß, unsere eh immer knapper werdenden Finanzreserven für den einzig sinnvollen Zweck zu verwenden, der uns einfallen will: das Saufen.

Dessen ungeachtet erstehen wir auf dem Weg durch die Altstadt von Santander Sticker mit der spektakulär epochemachenden Aufschrift: ‚Espana', die wir, das heißt, Frank und ich, an unsere Käppies stickern. Erol nicht. Erol hat ja kein Käppie, weil Erols Kopfform es nicht zuläßt, daß er eines trägt. Aber Erol ist sehr tapfer und beteiligt sich dennoch an unseren überdrehten Hirngespinsten, in denen wir uns ausmalen, wie viele Sticker wir am Ende unserer Reise an unseren Käppies haben werden. Von jedem Land, durch das wir kommen, einer. Träume sind Schäume, sagt der Volksmund.

Zum Ausgleich für die eingesteckten Schläge, die wir ihm auf unserem weiteren Erkundungsgang verbal verabreichen, gestehen wir ihm zu, sich einen neuen Schlafsack zuzulegen, ein Artikel, der in dieser Stadt besonders preiswert zu sein scheint. Sein alter fällt eh mit jedem Tag ein Stück mehr auseinander, den kann Frank jetzt haben, hähä! Gleich und gleich gesellt sich gern. Außerdem darf Erol sich eine echt coole Sonnenbrille kaufen. Ansonsten füllen wir uns frohgemut mit 11%igem spanischem Bier ab: doppelt soviel Prozent wie ein normales, Ihr versteht? Praktisch 2 Flaschen in einer, Ihr versteht? Wir sind über diese Entdeckung sehr, sehr glücklich, saufen nur noch diese Marke, wo immer wir sie auftreiben können, bis wir irgendwann feststellen, warum und wieso, darüber wird noch berichtet werden, daß diese spezielle Biersorte keineswegs 11 Umdrehungen hat, sondern lediglich 4,8. Was jedoch nicht heißt, daß wir während jener Zeit, in der wir es konsumierten, nicht trotzdem doppelt so breit gewesen wären, wie zuvor. Psychostoned, sozusagen.

Es wird, allen widrigen Umständen zum Trotz, ein cooler Tag. Erol ist glücklich mit seiner coolen Sonnenbrille, Frank ist glükklich mit seinem coolen Schlafsack, Frank, Erol und ich sind sehr glücklich mit unserem coolen, 11%igen leckeren spanischen Bierchen. Alles ist wieder gut. Und nachmittags um 4 erklettern wir grölend den Zug nach Oviedo, schwarz und breit. Das Leben ist so schön! Zumindest eines der schönsten! Einmal mehr sind wir die Kings fun Müllem und dem Rest der Welt. Frank, Erol und ich natürlich. Ab in die Algarve....aber sicher dat!

Im Dunkeln (mal wieder) kommen wir hackebreit in Oviedo an und stellen lautstark fest, daß sich auf dem Bahnhof fast nur Schwule befinden (ein kleiner Heimweh-Stich nach Köln und Mamas Kühlschrank überfällt mich, aber ich bin heute sehr tapfer und sehr besoffen), doch die sind seltsamer Weise innerhalb von 10 Minuten nach unserer Ankunft wie vom Erdboden verschluckt. Wir müssen ganz schön schlimm ausgesehen haben und uns noch viel schlimmer benommen haben, um die Platzhengste von Oviedo in einem derart kurzen Zeitraum verjagen zu können. Uns macht es nichts, alleine auf dem Bahnsteig zu sein, wir haben genug an unserer Freundschaft, Erol (und sein Doppelgänger), Frank (und sein Doppelgänger) und ich (und mein Doppelgänger, der könnte ja eigentlich jetzt mal eine Weile das Gepäck tragen, wo er schon mal da ist!).

Der mit Schlafwagen und dergleichen Luxus ausgestattete Nachtzug nach Leon kommt, was Wunder, mitten in der Nacht. Wir erklettern ihn umgehend, schwupp, erobern uns ein kuscheliges Schlafwagenabteil, schwupp, und verriegeln und verrammeln alles, total inkognito, versteht sich. Wir sind praktisch unsichtbar, bis auf die unauffällig-auffällig heruntergezogenen Rollos. Perfekt. Das muß erst einmal mit dem guten 11%igen begossen werden: doppelt so schnell, doppelt so breit, doppelt so laut, doppelt so bequem, doppelt so unsichtbar; aber doppelt so umsonst.....

Rumms....die Tür wird aufgeschoben.....Drei schwimmende Augenpaare tauchen aus der Unsichtbarkeit auf.

„Tickets?" Ups....un jetz?

Paul-Schnelle-Entscheidung, der Mann der Stunde, zieht kurzentschlossen einen klebrigen, zerknitterten 20-Mark-Schein aus der klebrigen, zerknitterten Hosentasche, grinst dümmlich breit und reicht ihn einem der beiden Männer, Zwillingen, eineiigen noch dazu, die sich in ihren schmucken Uniformen durch die gut getarnte Tür unseres gut getarnten Schlafwagenabteils gewagt haben. Paul-Schnelle-Entscheidung weiß, wie man mit den Instanzen umgehen muß. Die Männer nehmen das Geld. 40 Mark? denkt Paul-Schnelle-Entscheidung noch und starrt auf die grün schimmernden Scheine in den Händen der eineiigen Zwillinge, die sich in exakter Übereinstimmung zueinander bewegen. Die Männer verstauen die Scheine in ihren Taschen, stellen die Tarnung wieder her, indem sie die Tür von außen schließen und schweben lautlos von hinnen.

Lautes Gegröle tönt durch die Stille des schlafwagenbestückte Nachtzuges, einen kurzen Moment lang über lassen wir jede Tarnung fallen, sind wieder sichtbar und, vor allem, hörbar. Wir haben etwas zu feiern! Jau! Der Triumph des Kleinen Mannes über die Obrigkeit! Jau! Hoch die Tassen! Auf die Tür! Vier Leute stehen im Gang, wollen Geld. Noch mehr Geld? Die spinnen, die Basken, noch dazu sind das wohl alles Zwillinge hier. Echt komisches Land das, denkt es in Pauls Kopf.

Irgendwie wird uns bewußt, nachdem die Jungs uns mit Händen, Füßen und auf Englisch radebrechenden Stimmen klar gemacht haben, daß sie realiter noch mehr Geld haben wollen, daß das alles wohl ein fatales Mißverständnis sein muß. Die haben überhaupt nicht kapiert, daß das Geld, das ich ihnen in meiner unermeßlichen Großzügigkeit dargeboten habe, keineswegs für die Fahrkarten, sondern vielmehr für die eigeneTasche bestimmt war! (Die Freaks, die mir erzählt haben,im Süden wären eh alle korrupt, können was erleben, wenn ich jemals wieder zu Hause ankommen sollte!). Die beiden Zwillingspaare wollen also in echt noch mehr Geld. Viel mehr sogar!

Ich jedoch bin keineswegs gewillt, klein beizugeben. Erst mal einen kräftigen Schluck vom 11%igen, kurz überlegt, dann verziehe ich das Gesicht, lasse Mama vor meinem inneren Auge auftauchen, denn ich weiß, daß der bloße Gedanke an sie meinem Gesicht eine gewisse Hoffnungslosigkeit verleiht, richte den Blick wieder auf einen der Zwillinge und jammere: „Nix money, no, nix money. Poor, poor guys." Erol und Frank sind tatsächlich zu Tränen gerührt, die Zwillinge nicht. Alles hilft nichts. Diese Männer wollen uns, eiskalt, wie sie sind, in die dunkle Nacht verbannen, sie wollen uns an der nächsten Station aus dem Zug schmeißen. Naja, sinniere ich, ist ja nicht so dolle, aber sooo schlimm nu auch wieder nicht. Aber...."Give my money back!" Ich, Paul-Schnelle-Entscheidung, will mein Geld zurück.

Langer Rede, kurzer Sinn: ich bekomme es, warum auch immer, in der Tat zurück. Die sind absolut echt komisch drauf, die Südländer. Wahrscheinlich haben sie aber schlicht und ergreifend Angst vor uns gehabt (so zumindest erkläre ich mir, und allen, die es wissen wollen, diese rätselhafte Mildtätigkeit). Man stelle sich das mal vor: Angst vor drei völlig besoffen vor sich hin lallenden Typen, die noch nicht mal dazu in der Lage sind, ihnen gerade in die Augen zu schauen!

Naja, daß ich mein Geld wieder habe, heißt jedoch auch, daß sie jetzt erst richtig sauer sind, aber wirklich sauer, meine ich, und als der Zug an der nächsten Station hält, mitten im finstersten Nirgendwo, erwarte ich schon fast, mit einem deftigen Fußtritt hinaus befördert zu werden. Die Zwillinge jedoch beherrschen sich immerhin so weit, uns nur, laut auf Spanisch vor sich hin schimpfend, aus dem Zug zu schubsen. Ich hätte mich in ihrer Lage nicht so unter Kontrolle gehabt.

Drei Schluck Wasser stehen jetzt also auf dem Bahnsteig. Ein Schluck Wasser läßt einen lauten Schrei los und springt wieder in den Zug. Die übriggebliebenen Schlücke, Erol und ich, schauen sich an und zucken mit den Achseln.

„Wat hät dä nu widder?" fragt ein Schluck den anderen.

„Probleme?" antwortet der andere Schluck dem einen. Das muß erst mal begossen werden, denken beide Schlücke, lassen sich aufs Gepäck plumpsen und stoßen mit dem guten 11%igen an, derweil der dritte Schluck – Frank, für den, der's wissen will – sich laut fluchend durch den Zug arbeitet.

„Scheiß Spanier! Die sin jo all beklopp he!"....kawomm ....rumms.

„Diebe! Meuchelmörder!"....peng...paff....rumms......stampf, stampf.

„Jaja! Pronto, pronto! Schon gut, Jungs!"......raschel......knister. Das Fenster unseres ehemaligen Abteils wird mit einem harten Ruck aufgestoßen......schepper.....klirr, mehrere leere Flaschen des 11%igen sausen an unseren Köpfen vorbei durch die Luft (wir prosten ihnen zu) und schlagen scheppernd im Nirgendwo auf.

„Jaaaa! Ich habs!" hören wir, dann kommt das Poltern und Lärmen wieder durch den Zug zurück in Richtung auf die Tür.

„Moment, moment, ihr Freaks! Nicht so schnell!" Frank saust an unseren Köpfen vorbei durch die Luft (wir prosten ihm zu) und schlägt scheppernd im Nirgendwo auf.

Erol und ich grinsen uns an. Coole Show hier in Spanien. Wir prosten dem davonfahrenden Zug zu.

„Nice-funny-picture-show", lallt Erol. Ich nicke. Ich glaube, Erol ist echt mein allerbester Freund. Erol kann jetzt auch Englisch. Frank kann sogar spanisch: „Shit! Verdammt! Bescheuerte Espanolis! Caramba, caracho!"

„Hier, Kumpel". Erol-Wachsamer-Elch hält unserem aufgebrachten Freund, der auf Händen und Füßen, laut lamentierend, aus dem Nirgendwo auf uns zugekrabbelt kommt, eine gerade geöffnete Flasche 11%iges entgegen, doch der.....ignoriert sie doch einfach! Man sehe und staune. Erol und ich prosten uns zu.

„Auf, auf, Kameraden!" ruft Franks schwindender Körper uns aus der Dunkelheit zu. „Wigger jeht et".

Jetzt hab' ich aber die Faxen dicke, wird mir in diesem Moment klar. Es reicht: „Du Spinner! Du weißt doch gar nicht, wo's hier lang geht!" zetere ich ihm hinterher, meine Halsschlagader pocht unter der heißen Haut. Sofort taucht der solcherart Angesprochene wieder aus der Schwärze auf, ein leichter Schmierfilm überzieht sein Gesicht. Es nieselt.

„Du Mimöschen! Immer nur fahren und fressen, jo?" brüllt er zurück und trifft damit einen empfindlichen Nerv. Einige Tropfen seines herb duftenden Speichels landen auf meiner Backe. Jetzt reichts aber noch mehr! Ich stehe wankend auf.

„Un du, du Arschgesicht! Wo wills du dann överhaup hin? Hä? Mer han medden en de Naach.....!"

„Jammerbrocken!.....Mamagesicht!"

„Paß op, du......Speumanes!"

„Zuckerschnute!......Zuchtmaschine!"

Erol kann mich gerade noch zurückhalten. Erol, mein Freund und Helfer! Frank steht zappelnd vor mir, hüpft auf und nieder, die schwartigen Hände zu Fäusten geballt: „Komm doch! Komm doch!"

Erol hält mich zurück: „Komm, komm, Paul. Is ja alles gut!"

Ich beginne, rückwärts zu zählen. Ein Trick, den ich mal im Fernsehen gesehen habe, bei ‚Kung fu fighting' oder so: „Zehn...neun....acht....sieben...." und lasse mich, erschöpft von diesem anstrengenden Gewaltschwall, auf den vom Nieselregen feuchten Boden sinken.

Neben mir sinkt eine, wie ich aus den Augenwinkeln heraus wahrnehme, außerordentlich zerlumpte Gestalt zu Boden. Stutz?

„Den, sechs, kenne, fünf, ich, vier, ja, drei, gar, zwei, nicht, eins. Waat wills du dann?"

„Hungry you? Quando mangare, doste hungry you?" fragt die Gestalt. Der will mir doch tatsächlich was zu Essen anbieten! Ich kann nur mit weit aufgerissenen Augen auf das Brot, die Wurst, den Käse starren, auch wenn ich, wie ich zugeben muß, einen

Moment lang schon das Angebot des freundlichen spanischen Penners annehmen will. Aber ich bin sauer, so sauer, daß ich doch absolut echt nichts essen kann! (Franks Worte haben mich unsäglich verstört).

Das hält den spanischen Rucksack-Penner, der aussieht als wäre er schon seit mehreren Jahrzehnten auf der Suche nach der Algarve, jedoch nicht davon ab, weiter um Aufmerksamkeit zu betteln. Wir alle drei sind mucksmäuschenstill! Zum ersten Mal auf unserer Reise. Erol sagt keinen Ton. Ich sage keinen Ton. Frank sagt keinen Ton. Nur der spanische Freak fährt fort, uns seine Nahrungsmittel aufzudrängen.

Der hät ävver en komische Aart, om Prüjel zo beddele, geht mir durch den Kopf. Frank dreht sich jählings um und räumt wütend das Feld. Schon ist er um den Bahnhof herum verschwunden. Der Penner hinterher.

„Quando mangare, doste hungry you?"

„Schnauze!" läßt Frank sich vernehmen.

„Quando mangare, doste hungry you?"

„Halt den Bagger!" verstehen wir.

„Quando....." platsch, blubb. „Man.....blubber....ga.....blubb."

Platsch! hören wir noch, da kommt Frank auch schon von der anderen Seite des Bahnhofs auf uns zu. Seine Unterarme triefen vor Nässe. Der spanische Penner kommt nicht mit zurück. Wir haben ihn nie wiedergesehen.

Immerhin scheint diese Aktion Franks Wut einigermaßen unter den Siedepunkt gebracht zu haben, und bei einem wortkargen Bierchen erzählt er Erol, daß er den armen, barmherzigen Samariter bedenkenlos in dem hinter dem Bahnhof stehenden Brunnen unter Wasser gezupft hat. Ich tue so, als interessiere mich das alles nicht. Frank tut so, als wäre ich Luft.

„Mer blieve he", stellt er unnötigerweise fest, packt seinen nagelneuen alten Schlafsack aus und legt sich in zehn Metern Entfernung auf eine Bank.

„Wat de nit sääß", zische ich ins Nichts, packe meinen Schlafsack aus und lege mich in zehn Metern Entfernung auf eine Bank.

„Freaks", grummelt Erol, packt seinen niegelnagelneuen Schlafsack aus, betrachtet sich mit gerunzelter Stirn ein etwa apfelsinengroßes Loch an dessen Fußende und legt sich in zehn Metern Entfernung auf eine Bank.

Na dann, gute Nacht......

10. Juni 1998

Ich brauche wohl nicht zu erwähnen, daß keiner von uns in dieser Nacht mehr als ein Auge zugemacht hat. Ich brauche wohl auch nicht zu erwähnen, daß Frank, Erol und ich natürlich, ab in die Algarve, uns im Morgengrauen, nachdem der heulende spanische Wind uns in die kleine Bahnhofshalle getrieben hat, wieder vertragen. Wir geloben einander nicht gerade ewige Freundschaft, reichen uns allerdings die Hände – wie im Film, die machen das da auch immer so. Das Kriegsbeil ist also begraben. Als wenig später ein Zug heranrappelt, sprudelt das 11%ige bereits wieder in langen Zügen unsere Gurgeln hinab. Diesmal erzählt Frank auch mir, was er mit dem armen spanischen Penner angestellt hat. Ich tue so, als hätte ich es am Vorabend nicht gehört. Wir lachen. Jetzt ist alles wieder gut.

Auf dem Weg nach Leon (umsichtshalber haben wir diesmal bezahlt, man weiß ja nie) fällt Erol ein, daß seine Mam heute Geburtstag hat (von wegen Heimkind). Wir prosten ihr zu, auch meiner Mam, auch Franks Mam. Ich bin beruhigt, daß ich nicht der einzige bin, der an seine Mama denkt, und Franks Worte aus der vergangenen Nacht verlöschen langsam in meinem vom 11%igen benebelten Gehirn.

In Leon angekommen, sind wir fast wieder die allerbesten Freunde von der Welt. Das Wetter hat sich beruhigt, es ist einfach super. In einer nahen Bank wechseln wir Geld, decken uns mit 11%igem ein, entblößen unsere mehr oder weniger bleichen, stolzgeschwellten deutschen Oberkörper und lassen es uns in einer netten kleinen Grünanlage vor dem Leoner Bahnhof gut gehen. Django nickt mir aus der dämmerigen Bahnhofshalle zu und schaut zum Himmel hoch.

„Boh……!" stoße ich, wortgewandt wie immer, hervor und deute zum Himmel.

„Boh……?" stößt Erol-Wachsamer-Elch hervor und folgt meiner ausgestreckten Hand mit dem Blick. In seinem Haar taucht die wohlbekannte, schimmernde Adlerfeder auf. Über unseren Köpfen schraubt eine Schar Störche sich in die Luft. Traumhafter Anblick das, überaus romantisch und naturverbunden! Manitu läßt grüßen!

„Boh, boh……!" stößt Frank hervor, schaut kurz in den Himmel, nimmt eine Nase voll des eigenen Achselgeruchs und springt rastlos auf die Füße. Er verträgt es nicht, lange herum zu sitzen. „Ich muß mich bewegen".

„Geht ihr nur". Erol wedelt mit der großen, rötlich braunen Indianerpranke in unsere Richtung und richtet den stolzen Adleraugenblick wieder gen Himmel.

Frank und ich gehen also ins Städtchen. Echt nett hier in Leon, wirklich. Hübsche Stadt. Ich frage mich, ob die Spanier sich auf die eine oder andere Weise aus dem 2. Weltkrieg ausgeklinkt haben und betrachte im Vorübergehen die völlig intakten Altbauten, die, wie ich mich in eben diesem Moment erinnere, in jeder Stadt gestanden haben, die wir bisher aufgesucht haben. Mir bleibt jedoch keine Zeit, mich darüber zu wundern, denn Frank ist gerade dabei, in irgendeiner Gasse zu verschwinden. Also eile ich ihm nach: schwitz, keuch…..(mein Bauch ist aber schon erheblich kleiner geworden, also nur: schwitz!) und gemeinsam schlendern wir durch die Innenstadt, während wir genießerisch an unserem warmen 11%igen saugen.

Es ist ein waschechter Freundschaft-Wiederherstellungs-Spaziergang, den wir mit einer waschechten Freundschaft-Wiederherstellungs-Tat krönen, indem ich Frank an Ort und Stelle, vor einem T-Shirt und Schmuck-Stand nämlich, an dem der bis dato ohrlochlose Frank sich einen Saxophon-Ohrring ersteht, kurzentschlossen mit dem diese Sekunde erworbenen Schmuckstück ein Ohrloch steche. Fast gaaaanz vorsichtig. Aber er zuckt nicht zusammen. Mit Tränen in den Augen wische ich ihm das Blut vom Hals. Mit Tränen in den Augen geben wir uns nochmals die Hände. Frank ist immer noch mein Freund. Und Freunde verzeihen sich ebenso wie sie sich prügeln (je nachdem, was gerade ansteht), das wissen wir beide aus Karl-May-Filmen (ein entfernter Verwandter von Karl D. das). Aber Freunde haben keine Tränen in den Augen, deswegen wenden wir uns leicht angeschämt voneinander ab und heben erst mal die Flasche für einen weiteren 11%igen Schluck.

Hierauf müssen wir naturgemäß mit unserem dritten Freund im Bunde, Erol, anstoßen, der noch immer mit in den Himmel gerichtetem Blick im Schneidersitz auf dem dürren Gras hockend Störche zählt, als wir in der Grünanlage anlangen: „Hundertneunundachtzig......lebe wohl, kleiner Helmuth...... Hundertneunzig.....auch dich mag ich sehr, kleiner Fridolin........ Hundert....ups....so geht das aber nicht, du warst schon dran, kleine Helga......" murmelt er, als wir uns ihm nähern. „Hundert..... Moment mal......" seine Stirne runzelt sich bestürzt, als ich seinen Arm mit der mittlerweile kurz vorm Kochen stehenden Flasche 11%igen hebe: „Hunderteinundneunzig....dich liebe ich natürlich über alles, kleines 11%iges!" sprachs, setzt die Flasche an den Hals und schaut uns über dieselbe hinweg, trinkend, nacheinander prüfend in die Augen, sieht unsere neue gewachsene Freundschaft darin schimmern und bedeutet uns mit ausgestrecktem Arm neben ihm Platz zu nehmen.

So sitzen wir also im trauten Freundeskreis, leise stinkend, beisamen, unsere stolzgeschwellten, mehr oder weniger sonnenbrandigen deutschen Oberkörper schimmern vor Schweiß, unsere biergetränkten deutschen Grölstimmen erheben sich schallend über den Lärm der vorüberzockelnden Autos. Frank, Erol und ich natürlich. Ab in die Algarve, aber erst mal weg von der kuscheligen Grünanlage vor dem Leoner Bahnhof, von der uns kurze Zeit darauf zwei knitterfrei gekleidete Mitglieder der ‚Guardia Civil' entfernen: „Nix Bier, nix singen, nix bloßer Oberkörper!" Andere Länder, andere Sitten, denken wir freundschaftlich. Jetzt kann uns nichts mehr aus der Ruhe bringen.

Breit grinsend verhüllen wir unsere krebsroten, nichts desto trotz jedoch stolzgeschwellten deutschen Oberkörper und wanken in den Bahnhof hinein, leise vor uns hin lallend. Wir wissen immer noch, wie wir uns zu benehmen haben und setzen unser Gelage, bis auf die Löcher in unseren Kleidungsstücken gänzlich bekleidet, auf dem Bahnsteig fort, auf dem in hoffentlich nicht allzu ferner Zeit unser nächster Zug eintreffen wird. Der kommt dann auch über kurz oder lang.....Bitte zurücktreten von der Bahnsteigkante! Alles Einsteigen! Wir steigen ein, wir sind wieder sehr gute Freunde, wir sind wieder sehr mutig, wir fahren wieder sehr pechschwarz. Kölle Alaaf und hoch die Tassen! Frank, Erol und ich natürlich. Ab in die Algarve. Aber erst mal nach Vigo.

Von Leon nach Vigo ist es eine sehr lange Strecke, aber wir haben glücklicherweise genug Proviant, denn es macht sich wieder ein leiser Unmutsschimmer bemerkbar, als ich Frank, einer Eingebung folgend, nach der konkreten Adresse unseres Reisezieles befrage, und er uns, nach so manch banger Minute schwitzigen Herumkramens in seinem schmierigen Zeugs mit strahlendem Freunde-ist-doch-alles-nicht-so-schlimm-Lächeln eröffnet, daß er sie.....nicht mehr habe! Irgendwo im Zug wird krachend eine Tür ins Schloß geworfen.

„Nicht so schlimm", beschwichtigt Frank uns. „Dann ruf' ich halt meine Mam an!" Sein Glück, daß er dieses zärtliche Wort benutzt hat.

„Kann ich verstehen", entgegne ich und schaue aus dem Fenster. Schon wieder steigt mir das Wasser in die Augen.

„Prost!" Erols Pragmatismus entspannt wieder einmal die Lage. Er reicht mir eine neu geöffnete Flasche 11%iges und wir prosten auf unser aller Mamas an, und noch einmal, und noch einmal.....bis wir schließlich in Vigo ankommen, hackebreit, versteht sich.

Jetzt ruft Frank, der Glückliche, in einer nahen Telefonzelle seine Mam an, wegen unserem Reiseziel. Nach diversen Versuchen erreicht er sie endlich. Ich bin ein bißchen neidisch auf ihn, das muß ich zugeben, lasse mir aber nichts anmerken. Erol lenkt mich mit immer neuen geöffneten Flaschen von einer beginnenden, ernstzunehmenden Depression ab. Schon über eine Woche bin ich jetzt von Mamas Kühlschrank getrennt. Auch Gilden-Kölsch vermisse ich sehr, und das Mäuerchen, und die Spatzen, und.....

„Prost, Jungs!" Frank gesellt sich freudestrahlend zu uns. „Alles in Butter! Ich hab' die Adresse. Und Geld hab' ich auch. Ist alles geregelt. Wenn wir in Amasau de Piera ankommen (in der Algarve, in Nordportugal), sollen wir uns im Club 39 melden. Wir werden erwartet!"

Ja, wir freuen uns über die Maßen über diese ausnahmsweise einmal gute Nachricht. Die Aussicht auf Geld läßt mich meine Mama und die Spatzen doch tatsächlich vergessen. Wir wissen nun - weil, Frank hat es uns ja gesagt -, daß wir kurz vor der portugiesischen Grenze sind, kurz vor der Algarve also, die – auch das hat Frank uns gesagt -, in Nordportugal liegt. Man stelle sich mal vor, sie würde in Südportugal liegen! Nicht auszudenken! So lange würde ich nie und nimmer durchhalten. Keiner von uns würde noch so lange durchhalten. Wir sind schön blöde, aber glücklich.....

Mal wieder wird es dunkel. Wir müssen uns einen Schlafplatz suchen, da unser Zug noch lange nicht kommen wird. Gut versorgt mit 11%igem begeben wir uns auf die Suche, Richtung Hafen. Seit Tagen schon dümpeln wir, wie mir scheint, von Hafen zu Hafen, Bahnhof zu Bahnhof, Quelle zu Quelle. Und es gibt verdammt viele Hafenstädtchen in Nordspanien.

Wir sind etwa eine halbe Stunde unterwegs, da läßt Frank einen Schrei los. Seine Klamotten purzeln in den düsteren Staub zu unseren Füßen: „Mein Portemonnaie!" hören wir ihn von Ferne rufen und starren, wieder einmal sprachlos, auf den langsam sich senkenden Staub seines überraschenden Abgangs. Frank hat auf dieser unserer Reise wirklich kein Glück mit seinem Portemonnaie. Frank ist der einzige, der überhaupt ein Portemonnaie hat. Frank ist der einzige, der überhaupt noch Geld hat.

Binnen einer endlos sich ziehenden Stunde ist er wieder da, außer Atem, aber einigermaßen freudestrahlend. Er hat seine/unsere letzten Kröten wieder! Die Börse lag in der Telefonzelle auf dem Telefon. Die spinnen zwar die Spanier (vor allem die Basken), aber klauen tun sie allem Anschein nach nicht. Also trotten wir weiter, finden zuletzt einen einigermaßen übernachtungstauglichen Schlafplatz und lassen uns nieder.

„Nacht...." Drei Stimmen heben sich in die stille Nacht.

Erol träumt von Störchen, wie ich höre: „Zweitausendeinhundert...." ich rieche die Fleischrouladen meiner Mam.........Klöße und Rotkohl.....Eis zum Nachtisch......Spaghet-ti.....Frank zuckt mit den Beinen und schnüffelt geräuschvoll in der Luft. Er jagt im Traum einer Fata morgana nach.....der Algarve.....in Nordportugal!

11. Juni 1998

Morgens werden wir von einer wahren Symphonie von Geräuschen geweckt. Im Umkreis von fünf Metern um unseren einigermaßen übernachtungstauglichen Schlafplatz herum erstreckt sich allem Anschein nach die Außentoilette der Vigoer Junkies. Häufchen von verschiedenster Größe und Konsistenz blinken uns aus der kargen Vegetation entgegen, durchbrochen vom Blitzen des allenthalben friedlich in der aufgehenden Sonne daliegenden Spritzbestecks. Wie gut, daß Erol, mein Freund und Kumpel, und ich uns am Abend zuvor einen großen Karton als Unterlage geteilt haben.

Schnell räumen wir den Platz, decken uns auf dem Weg zum Bahnhof in der City mit etwas Brot in fester und etwas mehr in flüssiger Form ein, und nach einem petit déjeuner geht's los. Erst mal zu Fuß, versteht sich, denn nach einer nochmaligen Überprüfung unserer finanziellen Lage haben wir beschlossen, das mit dem Zug erst mal zu vergessen. Das mit dem Schwarzfahren läuft bei uns zudem nicht so gut, wie Pink-Punk-Lady Frank versichert hatte. Naja, mir gefällt die Aussicht auf einen weiteren Gewaltmarsch überhaupt nicht, meinen Füßen, trotz einigermaßen vernünftiger Wanderschuhe, noch viel weniger.

Aber was soll's.

Frank kann ich schon nach wenigen Minuten nur noch aus der Ferne sehen, Erol taumelt auf halber Höhe zwischen uns einher und ich: Paul ist faul, seine Füße tun weh. Er ist auch traurig und hungrig und durstig und müde. Paul findet, daß er ganz schön weit weg von zu Hause ist....Mama!

Glücklicherweise tauchen unterwegs ein paar schmutzigbraune, dürre Kühe in der Landschaft auf, so daß wir ihnen, eingedenk jenes fernen Tages kurz hinter San Sebastian, allerlei unterschiedlich große Pflaster auf die gerade fiktiv verspeisten Körperteile kleben können. Das ist aber auch schon das einzig Witzige, was uns auf dem Weg nach Vigo widerfährt.

Auf halber Strecke zwischen Vigo (das wir irgendwann einmal ohne weiteren Zwischenstop erreicht haben müssen) und unserem letzten Etappenziel in Spanien mit dem wohlklingenden Namen

Tui (sie haben es sich verdient), erdreisten wir uns zum ersten Mal auf unserer Wanderschaft, eine Gabe der Natur zu pflücken, zu klauen. Sprich: eine Zitrone. Jeder nur eine Zitrone, wohlgemerkt. Das bekommt gut. Ich kann mich nicht entsinnen, jemals etwas Besseres gegessen zu haben. Nach 30 Kilometern in der prallen Sonne in eine saftige Zitrone zu beißen, das ist schon was, da kommt auch eine Nase kaum ran. Jetzt aber erst mal weiter.

Nach unglaublichen 60 Kilometern Hyper-Gewaltmarsch gelangen wir zu guter Letzt doch noch in dem Kaff namens Tui an. Es ist 5 Uhr nachmittags, meine Füße qualmen. Saufen, laufen, Portugal. Ich will nicht mehr weiter, mich hier und jetzt auf der Stelle einfach nur noch fallen lassen. Trotzdem schleppen wir uns bis zu einer verkümmerten Tankstelle mitten im Beinahe-Nichts, erstehen ein Sechserpack und feiern japsend unsere Beinahe-Ankunft im gelobten Land. Die Grenze nach Portugal liegt vor unserer Nasenspitze, sozusagen. Das Bier ist schnell vertilgt. Noch können wir lachen, ein wenig zumindest.

Ein paar Minuten später erheben wir uns, das Bier hat uns belebt. Man stelle sich vor, abgesehen einmal von dem rudimentären Frühstück und der lang vergessenen Zitrone haben wir an diesem Tag noch keinerlei Nahrungsmittel zu uns genommen, auch nicht allzu viel Alkohol. Der Restalkohol von gestern ist schon vor der Mittagszeit von der gnadenlosen Sonne aus unseren dampfenden Körpern herausgebrannt worden. Das Wort Flüssigkeitsstau taucht in meinem gemarterten Hirn auf. Ich frage mich, wie Erol diesen Tag nur ohne irgendeine Kopfbedeckung überlebt hat. Er fragt sich offenbar nicht mehr sonderlich viel. Sein breites, überaus dümmliches Grinsen prangt mir aus einem krebsroten Gesicht entgegen.

Es ist soweit: hier und jetzt werden wir die Grenze übertreten, die Grenze von Spanien nach Portugal, Nordportugal, da, wo die Algarve anfängt, so glauben wir immer noch. Also stapfen wir wild entschlossen los, das nahe Ziel vor Augen, inklusive Unterkunft und Knete. Ein Job mit Aussicht auf noch mehr Knete wartet auf uns. Wein, Weib und Gesang liegen vor uns, ein Leben in Saus und Braus. Jede Menge nacktes, weibliches Fleisch. Vielleicht gehen wir jetzt auch endlich einmal schwimmen, im Atlantik nämlich, den wir bis dato noch nicht ein einziges Mal frequentiert haben. Warum eigentlich nicht? Keine Zeit wohl, oder so.

Mittlerweile macht sich unser Gestank auf drei Meilen gegen den Wind bemerkbar. Das letzte Mal, daß unsere Körper mit fließendem Wasser und Seife in Berührung gekommen sind, war, wie mir bewußt wird, in San Sebastian. Der Zustand meiner Ersatz-Unterhosen und –Strümpfe läßt ebenfalls sehr zu wünschen übrig. Die benutzten Teile habe ich eh schon lange weggeschmissen. Doch bald, sehr bald, werde ich mir neue Sachen kaufen können, was brauche ich da noch den alten, stinkenden Krempel?

Unbehelligt überqueren wir die spanisch/portugiesische Grenze und tapern bis Valenca weiter, wo wir den dortigen Bahnhof aufsuchen und uns, gemeinsam mit etlichen anderen Rucksacktouristen, um eine große Landkarte drängeln, auf der Portugal in seiner gesamten Länge abgebildet ist. Wir suchen das gelobte Land, wo Bier und Wein im Überfluß fließen, Amasau de Piera. Ein Ort, den Frank auf seiner eigenen Karte von Portugal schon nicht hat finden können, zumindest nicht in unmittelbarer Nähe jenes Gebietes, das er darauf eingekreist hat und das, nur am Rande erwähnt, erwartungsgemäß in Nordportugal liegt.

Eine geraume Weile stehen wir so vor der Karte, suchen und suchen. Wir vertrauen Frank. Wir wissen ja, daß Amasau de Piera in Nordportugal liegt (Frank hat es uns doch gesagt!). Frank, Erol und ich natürlich, ab in die Algarve......Tja, irgendwas muß aber wohl schon in frühester Jugend in Franks Gehirn schief gegangen sein.

Immer neue Leute tauchen auf, sammeln sich kurz um uns, betrachten die Karte eine Weile und gehen dann mit zufriedenen Mienen ihrer gerade gefundenen Wege. Andere bleiben stehen und betrachten mit neugierigen Blicken unsere panischen Gesichter. Sogar mehrere Einheimische gesellen sich zu ihnen, die uns wohl aus der Nähe begutachten wollen, wenn auch nicht riechen, vermute ich, weshalb sie etwas auf Distanz bleiben. Sie stehen in einem offenen Halbkreis um uns herum und kichern verstohlen, während sie mit den Augen unseren Zeigefingern folgen, die in immer weiter ausholenden Kreiseln um jenes Gebiet stochern, das Frank auf seiner Karte mit dem Wort Algarve markiert hatte.

Plötzlich ist mir all das wahllose Herumgesuche zu viel. Ich drehe mich hilfesuchend um und sehe direkt in die dunklen Augen einer jungen, leidlich hübschen Portugiesin.

„Can you help me?" frage ich sie mit einiger Verzweiflung in der Stimme.

Sie nickt und kommt näher. Kurzentschlossen krame ich mein Tagebuch (nicht kichern) hervor und zeige ihr die Adresse, die ich am Vortag in weiser Voraussicht direkt eingetragen habe, damit wir bzw. Frank sie nicht noch einmal verlieren können. Mein Finger fährt über den nördlichen Teil der Wandkarte.

„Algarve?" frage ich, mit einem deutlichen Fragezeichen am Satzende. Sie lächelt mich an, schüttelt den Kopf und ergreift meine Hand, schiebt sie nach unten, tiefer und tiefer, bis fast ganz in den Süden der Karte und, wie mir klar wird, somit auch des Landes.

„Nein! No, no! Algarve!" sage ich, mit einem deutlichen Ausrufezeichen am Satzende und deutlicher Panik in der Tonlage. Ich entreiße ihr meine Hand und fahre mit ihr wieder empor, in den Norden der Karte, sehe sie mit hochgezogenen Augenbrauen an.

Sie lächelt mich erneut an, schüttelt abermals den Kopf, ergreift meine Hand und schiebt sie wiederum tiefer und tiefer über die Karte hinab. Meine ungläubig weit aufgerissenen Augen folgen meinem eigenen Finger, bis er endlich mit einem kleinen Ruck zum Stehen kommt.

„Amasau de Piera", sagt sie freundlich. „Algarve!"

Ich bringe meinen Kopf näher an die Karte heran, kneife die Augen zu schmalen Schlitzen zusammen und lese laut: „Amasau de Piera!" und „Algarve! Fraaank, du Esel!!!" Wütend drehe ich mich um.

Es fällt mir schwer, die nun folgenden Minuten zu beschreiben. Nichtsdestotrotz werde ich es tun, ohne die Freundschaft zu Frank dabei aus den Augen und, vor allem, aus dem Herzen zu verlieren.

„Guck mal, wo wir hin müssen, du Sackjesesch!" schreie ich ihn an. Geifer tropft sprudelnd auf sein Gesicht. Ich habe mich kaum noch unter Kontrolle, bin, sozusagen, völlig außer mir. In meinem Kopf schwirrt es, als wäre ein ganzer Bienenschwarm dort eingesperrt.

Solcherart aufgefordert guckt Frank also. Erol guckt auch. Dann gucken beide mich an, die Gesichter eine ausdruckslose Masse. Frank jedoch fängt sich sogleich mit einem leichten Achselzucken (dieser Freak! Dieser Freggle! dieser: mir fehlen die Worte für das, was er alles ist), dreht sich um, greift nach seinem Rucksack und sagt: „Na und? Halb so wild. Da lang geht's". Und schon ist er um die nächste Ecke verschwunden.

Erol und ich nicht. Wie erstarrt bleiben wir stehen. In meinem Kopf flitzen wilde Gedanken umher, mittlerweile muß dort ein ganzer Hornissenschwarm gefangen sein.

„Dat sin.....so unjefehr....locker 800 Kilometer!" stammelt Erol. Seine Augen leuchten mir groß und blutunterlaufen aus seinem puterroten Gesicht entgegen.

„Wie sollen wir das denn schaffen? Mit 30 Mark in der Tasche etwa? Ich han nix mi. Un du och nit", stachele ich seinen Unmut noch an. Wir wenden die Köpfe auf der Suche nach Frank, der soeben unsere letzten 30 Mark in Richtung Algarve - die selbstverständlich, wie jedermann weiß, im Süden Portugals liegt -, davonträgt.

Jetzt ist endlich der definitive Zeitpunkt gekommen. Jetzt ist mir alles egal. Ich empfinde noch nicht einmal mehr Wut.

Vielleicht brauche ich ja solche oder ähnliche Situationen, damit ich endlich mal aus meiner Lethargie erwache, selber den Arsch hoch kriege, sozusagen. Frank kann labern, soviel und was er will, ich gucke ihn, als er zurückgekommen ist, da er wohl gemerkt hat, daß wir ihm keineswegs zu folgen gewillt sind, noch nicht einmal an. Ich, Paul-Schnelle-Entscheidung, bin absolut und total cool und nicht mehr bereit, diesem Zappelheiner die Führung zu überlassen.

„Wir fahren jetzt nach Porto. Auf der Stelle. Da lassen wir uns Geld schicken", teile ich ihm mit, nachdem er seinen Sermon beendet hat, und suche auf dem Fahrplan neben der Karte von Portugal einen entsprechenden Zug heraus.

Natürlich versucht Frank, mich umzustimmen – der Mann kennt so gut wie überhaupt keine Grenzen -, aber keine Chance, mein Entschluß steht fest. Erols auch.

„Wenn wir jetzt bis Porto laufen, geben wir mehr Geld aus, als wenn wir die letzten Kröten für den Zug verwenden, das muß selbst dir Hirni doch klar sein, oder?" mache ich Frank klar. Schließlich beugt er sich meiner überraschenden Entschlossenheit, auch wenn er nach wie vor davon überzeugt zu sein scheint, daß 30 Deutsche Mark mehr als genug sind, um die vor uns liegenden 800 Kilometer bis in die Algarve zu überbrücken. Sein Gehirn ist bei irgendeiner der letzten Nasen wohl ganz drauf gegangen.

Der Zug fährt ein. Wir ersteigen ihn, mit Tickets. Kurz nach der Abfahrt erscheint der Schaffner, und wir sind sehr stolz darauf, dem ersten portugiesischen Schaffner auf unserer Reise Tickets zeigen zu können, Erol und ich zumindest. Frank sucht.

„Wo ist es denn?" kram, wühl. „Ich hatte es doch eben noch". Frank nimmt sein Käppie vom Kopf und schaut hinein. „Da rein hab' ich es getan, damit ich es auf jeden Fall finde!" Er starrt in sein Käppie. Wir starren auf Franks gesenkte Glatze. Frank schwitzt. Das Ticket klebt auf seinem Schädel.

Leider, leider bemerkt der Schaffner sogleich, daß unsere Tickets nur bis zum nächsten Kaff reichen und obwohl ich, einer meiner genialen Eingebungen folgend, Paul ist schließlich immer noch Mann von Welt, mich schlafend stelle, als er noch einmal erscheint, schmeißt der blöde, gemeine Fahrkartenheini uns in Moledo M.....irgendwas aus dem Zug.

„Scheiß Portugiesen! Die spinnen doch allemale, die Südländer", zetere ich und packe meinen Rucksack. „Der hätte doch wahrhaftig mal ein Auge zudrücken können". Grummelnd greife ich nach meiner wunderschönen, uralten, göttlich verwaschenen Jeansjacke......greife ins Leere. Ich wirbele auf dem Absatz meiner, inzwischen schon zur Hälfte abgelaufenen, halbwegs vernünftigen Wanderschuhe herum und brülle dem abfahrenden Zug hinterher: „Ming Jack, du Arsch! Jeff mer ming Jack widder!" Es nützt nichts. Sie ist weg. Unwiderruflich weg. Mein einziger Trost ist der Umstand, daß sie Lichtjahre davon entfernt ist, zu duften. Trotzdem, sie war so etwas wie ein Talismann für mich. Meine schöne, schöne Jeansjacke! Was haben wir nicht alles miteinander erlebt.....schluck.....wie sollte ich bloß meiner lieben Mama.....schnief......beibringen, daß sie sie jetzt nie mehr würde wegschmeißen wollen?

Django sitzt am letzten Fenster des Zuges und zwinkert mir zu. Über seiner linken Schulter hängt meine teure, über alles geliebte, uralte Jeansjacke......ich werde ihn nie wiedersehen, sie natürlich auch nicht.

Tja. Fott is fott! Wie der kölsche Eingeborene zu sagen pflegt. Jetzt müssen wir erst mal wieder ein wenig unsere Füße strapazieren, bis Ancora. Keiner von uns weiß, wieviele Kilometer es bis da hin sind, und da ich in meiner gegenwärtigen Gemütsverfassung all meine gerade erst erlangten Führungsqualitäten eingebüßt habe, übernimmt Frank wieder einmal die Führung, der sich von seinem Glatzenticket-Fauxpas erholt hat und wieder ganz der Alte ist.

„Mir schaffen dat!" ruft er von weit, weit vorne. „Ist doch 'n Kinderspiel für Männer wie uns! Mir müsse halt nur jet kläue!"

Erol kann sich mal wieder nicht entscheiden, ob er ihm folgen oder auf mich warten soll, und ich? Paul ist faul, und hungrig, und traurig, und......

In Ancora angekommen, deponieren wir unseren übriggebliebenen Kram in einer finsteren Ecke des Bahnhofes (bei dem Gestank wird keiner näher als bis auf 10 Schritte an das Zeug heran gehen), lediglich meine Gitarre lasse ich nicht im Stich, sie ist alles, was ich jetzt noch habe......seufz.....und gehen auf Beutezug. Frank will uns in die Geheimnisse des Diebstahls einweihen. Wir sind willige und vor allem lernfähige Schüler. Locker gelingt es uns, in einem der ansässigen Läden mehrere Fischdosen und dergleichen mitgehen zu lassen. Wir sind ja schließlich in Not, beruhige ich mein aufmüpfiges Gewissen. Bislang hatte ich immer nur Souvenirs eingesteckt, wie etwa Sonnenbrillen oder so, aber Nahrungsmittel? Das kommt, in meinen Augen zumindest, einer ernsthaften kriminellen Handlung schon bedenklich nahe.

Bei unserem ersten gemeinsamen Diebeszug also finden wir auch unser geliebtes 11%iges wieder, oh Wunder der Braukunst. Wir sind überaus glücklich über diesen Fund, hätten wir diese spezielle spanische Marke doch nie und nimmer in Portugal vermutet, was wohl der Grund dafür gewesen sein muß, weswegen wir das vertraute Etikett auf einer der Flaschen erstmals einer genaueren Untersuchung unterziehen und.....stutz?

„Dat hät jo överhaup ken ellef P.S.!" Betrug! So eine Schande! Ganz plötzlich fällt mir ein, daß dieses Gebräu mir eh nie so gut geschmeckt hat, wie die anderen mich glauben machen wollten, und richtig besoffen konnte man, wenn ich's mir recht überlege, auch nicht davon werden. So. Das hätten wir also. Wir wechseln die Biermarke! Das ham die blöden Spanier jetz davon, und die blöden, schwulen Basken auch! Und die Franzosen sowieso!.......Gilden-Kölsch!!!

Das mit dem Klauen bereitet uns große Freude. Es macht uns gar so viel Spaß, daß Frank, wieder am Bahnhof angekommen, bis zum Erbrechen mit Fisch gefüllt und aus dem Mund und sonstigen Körperöffnungen miefend wie Harri, kurzentschlossen beschließt, in einer kleinen Gartenanlage, die wir von unserem Standpunkt aus gut sehen können, Hühner klauen zu gehen!

Jo, Hühner also. Erol und ich sind ja, wie gesagt, durchaus lernfähig und halten die Stellung, um ihn bei dieser wahrhaft heldenmäßigen Tat auf's Genaueste beobachten zu können.

Frank marschiert wildentschlossen und, wie er wieder mal meint, unsichtbar los, die Augen fest auf die, hinter einer hüfthohen Hecke (welch lächerliches Hindernis für einen Mülheimer Kraat) gefangenen Hühner gerichtet, wühlt sich routiniert durch das dornige Gestrüpp und läßt einen überaus hörbaren Brüller los, der seinen eben noch für alle anderen Augen als die unseren unsichtbaren Körper jählings ins Hier und Jetzt zurückbefördert. Er kommt zu uns zurück, an seinen Beinen rinnen dickflüssige, rote Rinnsale herab.

„Da ist Stacheldraht in der Hecke, paßt auf, wenn ihr rein geht", bringt er noch heraus und sinkt auf dem Boden nieder. Während Erol ihm dabei behilflich ist, seine Wunden zumindest einigermaßen zu säubern, von desinfizieren ist hier gar nicht die Rede, entdecke ich, der Mann der Stunde, im Garten beim Näherkommen Gemüse!......lecker, lecker......Gemüse! Zwiebeln, Knoblauch, Tomaten, Paprika. Dank Franks lehrtechnischen Vermittlungsqualitäten überstehe ich das Eindringen in den Garten unbeschadet und geselle mich kurze Zeit später strahlend zu meinen beiden Weggefährten, die Arme voller Zwiebeln und Knoblauch (fragt mich jetzt bitte nicht, warum ich keine Tomaten und keine Paprika mitgebracht habe). Nun erwartet uns also ein wahres Festmahl: Fisch, Knoblauch, Zwiebeln, Brot, Bier......hmm....sehr lecker. Obwohl.....Mamas Kühlschrank macht so schöne, heimelige Geräusche.

Auch wenn wir alle zu diesem Zeitpunkt noch mit Hinblick auf alle möglichen Konsequenzen fest entschlossen sind, auf der Basis eben erwähnter Nahrungsmittel die Algarve in Südportugal zu erreichen, entsteht in meinem kleinen, blutenden Herzen eine recht große Sehnsucht nach der Heimat, was nichts, aber auch gar nichts mit Heimweh zu tun hat. Ich bin, schlicht gesagt, ein 90-Kilo-Typ, ich brauche viel Fraß, Essen, Mangare, Fleisch, Fleisch........Klöße........Hühnersuppe.....und keinen Stacheldraht.

Dennoch, ich bin treu, relativ zumindest, hehemm.....und so bleibe ich bei meinen Freunden und Leidensgefährten, obwohl sie weit weniger zu leiden scheinen als ich. Ich armer, kleiner Paul.....schmoll. Bis heute weiß ich nicht, wie ich die Willenskraft dazu aufgebracht habe, auch weiterhin einen Fuß vor den anderen zu setzen. Wahrscheinlicher als die Power meiner Willenskraft jedoch ist, daß dies allein dem durch übermäßigen Verzehr von Zwiebeln, Knoblauch und Fisch hervorgerufenen Rückstoß zuzuschreiben ist, der mich jedesmal dann wieder einige Schritte vorwärts trug, wenn meine gemarterten Füßchen mir schon den Dienst verweigern wollten. Ihr versteht, was ich meine? Furzen! Das meine ich.

Viel, viel später kommen wir in Ancora Praia an. Jetzt hilft auch der Furz-Rückstoß-Antrieb nichts mehr. Ich habe ernsthaften Hunger, bin überaus müde und sehr, sehr durstig. Übrigens haben wir den Weg von Ancora bis Ancora Praia weitgehendst auf den Schienen zurückgelegt, sicher ist sicher. Ich glaube nicht, daß ich so etwas noch einmal tun werde. Heute noch sehe ich in meinen Träumen die Schwellen vor mir, die einen Abstand haben, der jeden Menschen mit einigermaßen normaler Schrittlänge aus dem Tritt kommen läßt. Grauenhaft!

Jedenfalls bin ich ernsthaft abgefuckt und will nicht mehr weiter. Also warten wir auf den nächsten Zug, denn auch wenn ich meine Freunde mit Worten nicht zu überzeugen vermag, so möchten sie doch nicht in die Verlegenheit geraten, einen 90-Kilo-Typen durch die Pampa schleppen zu müssen, wenn mich etwa auf halbem Weg Kräfte und Willen verlassen sollten. Jaja, ich habe schon so meine Mittelchen.....(kicher).

Weiter im Text. Der Zug fährt ein, wir steigen ein........ fahren.......jippie!........bis Porto, Hauptbahnhof (man stelle sich vor, tatsächlich einmal eine Ortschaft, die groß genug ist, um einen Hauptbahnhof ihr eigen nennen zu dürfen). Das war das mit dem Geld. Jetzt sind wir, bis auf die paar Escudos, die noch in unseren löchrigen Taschen klimpern, völlig abgebrannt.

Es ist 24 Uhr 45, als wir am Hauptbahnhof in Porto ankommen. Das Leben könnte uns wieder haben. Überall wimmelt es von Menschen, mehr oder weniger besoffen, ist ja klar. Wir sind traurig, denn unsere Barschaft reicht noch nicht einmal mehr dafür, noch einmal auch nur halbwegs auf Sendung zu kommen und leider hatten wir uns bei unserem Beutezug in Ancora nicht getraut, mit je einem Sechserpack Bier aus dem Laden zu marschieren. Also ringen wir uns schweren Herzens dazu durch, uns erst mal um einen weiteren Schlafplatz zu kümmern. Diesmal sind wir ja auch leider klar genug, um den ins Auge gefaßten Platz vorab einer genaueren Inspektion zu unterziehen.

Insgeheim beschließe ich, Paul-Schnelle-Entscheidung-Der-Mit-Dem-Darbenden-Magen, mich keinen Meter aus Porto weg zu bewegen, denn in Porto gibt es, soviel ich weiß, ein Konsulat! Und in Konsulaten können in Not geratene Ausländer Hilfe erhalten: Tickets für die Heimreise, Geld, Essen, Bett, Plümmo, Kissen......ah.....Dusche! Ich will nach Hause! Ich will zu meiner Mama! Ich will mich einfach nur noch unter ihren Kühlschrank legen, den Mund aufmachen und alles in mich rein fallen lassen, was er zu bieten hat! Ich lächele. Noch wissen meine Kameraden nichts von meiner soeben getroffenen Entscheidung.

Auf dem Weg zur nächstbesten Schlafgelegenheit, die noch lange nicht in Sicht kommen soll, denn hier sind wirklich jede Menge Leute unterwegs, wird uns so ziemlich jede Droge angeboten, die es auf dem Markt gibt: Koka, Speed, Crack, Hasch.....Wir müssen selbstredend alles ablehnen. Ohne Moos nix los.

Ein vollbesetzter Wagen fährt rechts neben mir her. Das Seitenfenster wird herunter gekurbelt: „Will you Koka? Joint? Trips? Smoka?" Die Insassen lachen. Ich nicht. Ich gehe still weiter, über so 'nen Dreck bin ich doch erhaben.

„Joint? Trips? Smoka?" erneutes Gelächter folgt auf die Ansage. Ich werde zusehends bedrückter. Eine Hand wird aus dem offenen Fahrerfenster herausgestreckt, ein dicker, öliger Brocken wird in meine lose baumelnde Handfläche geschoben, dann heult der Motor des Wagens kurz auf, ich höre nochmals Lachen, und die Leute rauschen vorbei. Ich bleibe stehen und schaue auf meine Handfläche. Ein dickes Hasch-Peace liegt da, ungelogen, so mindestens 3-5 Gramm! Ich schlucke. Ich rauche nicht. Erol raucht auch nicht. Frank schon.

Die folgenden zwei Tage sollte Frank still und beseelig grinsend immer in unserer Nähe verbringen.

An einem Marktplatz schlagen wir letztlich unser Lager auf. Unsere Bäuche knurren, die Kehlen sind ausgedörrt. Frank dreht sich erst mal einen dicken, fetten Joint aus den Föxen, die er unterwegs gesammelt hat (das Geld, das wir in den letzten Tagen noch hatten, haben wir ganz sicher nicht mehr für Tabak ausgegeben), und ist kurz darauf im Paradies.

Vielleicht gibt's hier ja morgen was abzustauben für uns. Auf der anderen Seite des Marktplatzes befindet sich eine riesige Kirche (fast so schön wie der Dom) mit vorgelegtem Platz (fast so groß wie die Domplatte), auf dem ein rauschendes Fest im Gange ist. Musik tönt uns entgegen. Wein, Weib und Gesang, und das alles ohne uns. Ich schlucke wieder mal, erhebe mich und wanke erschöpft auf das verheißungsvolle Fest zu. Erol ist zu müde, Frank zu breit, also gehe ich alleine hinüber.

Träumend schlendere ich durch die dicht an dicht gedrängten Menschenmassen, erhasche so manchen verheißungsvollen Blick auf braun gebranntes weibliches Fleisch (schöne Frauen gibt's auch in Portugal zuhauf) und lausche eine Weile lang einer portugiesischen Rockband.

Wäre ich nicht so unendlich müde, hätte ich nicht so unendlich wenig Geld! Aber ich bin unendlich müde und habe in Wahrheit überhaupt kein Geld mehr, also schlendere ich träumend zu meinen Freunden zurück, die, schon im Halbschlaf, vor sich hin grummeln, Frank mit geöffneten Augen und breitem Grinsen im Gesicht: „Sterne....verstehen.....Sinn des Lebens......Rot!" teilt er mir mit, dann sinke auch ich in den tiefen Schlaf der Erschöpfung und träume, natürlich, von Kühlschränken, Bäckereien, Imbißstuben und Brauereien. Ach ja, das Leben könnte doch so herrlich sein, daheim in Kölle am Ring.....

12. Juni 1998

Guten Morgen, Porto. Heute ist Feiertag, was bedeutet, daß der Markt zu hat (nix zum Abstauben und keine toten Fische-Glotzen), daß die Geschäfte zu haben (nix zum Klauen), die Restaurants sind zu (nix zum am Fenster rumhängen und den Touris vorm Essen rumsabbern), ja, sogar der Bahnhof hat zu (vermute ich). Wir könnten also noch nicht mal schwarz fahren, mal abgesehen davon, daß ich ja, wie bereits erwähnt, keinesfalls vorhabe, diese Stadt zu verlassen, es sei denn in einem Zug Richtung Heimat.

Nur die Kirchen haben auf, und da kriegt uns beileibe keiner rein.

Als unser morgendlicher Durchblick soweit klar geworden ist, daß wir begreifen können, daß wir dazu verdammt sind, auch weiterhin Hunger zu schieben, machen wir uns auf die Suche nach einem Brunnen, an dem wir zumindest unseren Durst löschen können. Schon viel zu viele Stunden ohne Bier! Tja, so kann's einem geh'n. Nachdem unsere Bäuche bis zum Bersten mit chlorhaltigem Brunnenwasser gefüllt sind, nehme ich mir ein Herz und weihe meine ahnungslosen Freunde in meinen Plan ein.

„Hört mal, Jungs", gestehe ich und gebe mir den Anschein eines Mannes, der weiß, wo's lang geht. „Das isses doch nich wert, oder? Wir sind total abgebrannt: Nix zu fressen, nix zu saufen. Porto is 'ne große Stadt, da gibt's bestimmt irgendwo ein Konsulat. Da will ich jetzt auf der Stelle hin!"

Erol ist von meinem gut durchdachten Plan begeistert. Auch er hat die Schnauze gestrichen voll. Lediglich Frank ist immer noch auf Urlaubs-Trip eingestellt.

„Jo, du has recht. Laß uns ruisch da hin geh'n. Die können uns Geld geben und wir können weiterfahren, in die Algarve...." schlägt er vor.

„Sag', hast du eigentlich 'nen Schein!", ich wedele mit meiner schmutzstarrenden Hand vor meiner schmutzstarrenden Stirn herum. „Hür ens. Erstens geben die uns ganz bestimmt kein cash, sondern ein Ticket; zweitens, selbst wenn die uns cash geben, mein Freund, für mich ist die Reise hier und jetzt beendet. Basta!"

„Basta!" Erol nickt zustimmend. „Basta!" Frank nickt ungläubig. „Mir doch ejal! Dann klau ich mir halt 'n Fahrrad! Kommt schon, Jungs, loß mer uns Räder kläue, damit kommen wir auf jeden Fall in die Algarve." Sein neuester Plan läßt ihn voller Vorfreude hin und her titschen.

„Du Freggle!", fast tut es mir leid, ihn von seinem Sockel runter holen zu müssen, aber auch nur fast. „Lur dich doch ens aahn. Du bess doch jetzt schon total usjehungert. 800 Kilometer mit dem Drahtesel! Du ticks doch nich mehr ganz sauber!" Ich tippe mir mit einem schmutzstarrenden Finger auf die linke, schmutzstarrende Schläfe.

„Pieppiep!" Erol tippt sich mit einem schmutzstarrenden Finger auf die linke, schmutzstarrende Schläfe.

„Manno!" Frank gibt schmollend auf.

„Jetzt brauchen wir bloß noch das Konsulat zu finden", führe ich meinen Plan weiter aus und besehe mir meine schmutzstarrenden Unterarme.

„Jo.....und wo sollen wir das, bitte schön, finden, Herr Superschlau?" Frank wittert eine neue Chance, uns doch noch umzustimmen.

Erol und ich schauen uns an, wortlos. Er senkt den Blick. „Wir gehen jetzt zur Polizei!" Gesagt, getan, ich stapfe los, den sicheren heimatlichen Hafen vor Augen. Erol entscheidet sich für dieses Mal, mir auf dem Fuß zu folgen, Frank grummelt vor sich hin und zockelt mürrisch hinter uns her.

Straßen rauf, Straßen runter, hin und her, bis wir zuletzt eine Polizeidienststelle finden, die wir erleichtert und erschöpft betreten...... Frank hat, so scheint's, beschlossen, gute Miene zum bösen Spiel zu machen und erklärt sich zu unserem Dolmetscher. Er macht den Polizeibeamten, die sich grinsend hinter der Glasscheibe versammelt haben, die uns von ihnen trennt, klar, daß wir armen, mutterlosen Reisenden bestohlen worden sind, unser ganzes Geld sei weg. Wo, bitte sehr, gehe es denn hier zum Konsulat?

Ich, Paul-Schnelle-Entscheidung, überlasse Frank-Morgen-Schon-Da das Feld und plumpse auf einen steinharten Holzstuhl. Müde betrachte ich die Beamten, die sich verstohlen hinter dem Rücken desjenigen, der mit Frank Konversation pflegt, Zeichen zuwerfen, wie etwa Naserümpfen, Piepmatz, Abwinken und dergleichen mehr. Sie scheinen sich gar köstlich zu amüsieren. Ich frage mich, wie oft am Tag sie diese Pantomime aufführen. Schließlich, ich erinnere mich nicht, wieviel Zeit inzwischen vergangen ist, fertigt Franks Gesprächspartner eine Skizze für uns an. Die Beamten um ihn herum gucken über seine Schultern, nicken zustimmend, lachen hier und da - wahrscheinlich ist der Weg zum Konsulat in Wahrheit nur halb so weit -, doch sie scheinen wildentschlossen, uns durch die halbe Stadt zu jagen. Die Skizze will ich sehen, wo es den Polizisten so viel Spaß bereitet hat, sie anzufertigen, also erhebe ich mich mühsam. Jeder Knochen schmerzt. Wie zu erwarten, ist die Skizze überaus verworren und sehr, sehr groß.

„A bus goes to there", teilt der Beamte uns noch mit. Seine Augen leuchten, seine Lippen werden von einem wissend abwartenden Lächeln umspielt. „Not much money", fügt er grinsend hinzu. Die Beamten hinter ihm starren uns mit erwartungsvoll aufgerissenen Augen und offenstehenden Mündern an, mucksmäuschenstill. Von irgendwoher kommt ein nur mühsam zurückgehaltenes Prusten.

„We have no money!" Frank ist immer noch beinahe freundlich. Ich im Inneren nicht mehr. Ich frage mich, was, zum Teufel, hier eigentlich vorgeht. Die wissen doch ganz genau, daß wir keinen müden Escudo mehr in der Tasche haben! Voll die Verarsche!

„A bus, not long", ergänzt der Beamte seine Aussage.

„Umpf.....", Frank findet keine Worte mehr, und das will echt schon was heißen. Ich habe ihn bislang nur in den aller hyperextremsten Ausnahmesituationen sprachlos erlebt (wenn ihm etwa jemand Gafferband über den Mund geklebt hat). Mit leicht zittrigen Fingern faltet er den Zettel mit der ellenlangen Wegbeschreibung zusammen und steckt ihn in eine seiner speckigen Hosentaschen. Paul-Schnelle-Entscheidung hat sich den Straßennamen gemerkt, zur Sicherheit. Wir wenden den mittlerweile mehr oder weniger laut lachenden Beamten den Rücken zu und verlassen diese unvergleichlich freundliche Polizeidienststelle. Wir drehen uns nicht um, als wir wieder auf der Straße stehen, dazu sind wir zu stolz, doch ich bin mir ziemlich sicher, daß hinter jedem Fenster des Gebäudes die verzerrten Gesichter dieser Scherzkekse aufgetaucht sind, die uns soeben zu einer Odyssee durch Porto verdammt haben, die Münder vor Lachen weit aufgerissen. Dröhnendes Gelächter begleitet dann auch unseren elenden Abgang.

Auf unserem weiteren Weg quer durch die gesamte Stadt haben wir genügend Zeit, uns die Sehenswürdigkeiten von Porto anzusehen. Es ist eine schöne Stadt, eine sehr schöne Stadt. Viele der Häuser sind mit den unglaublichsten Mosaiken verkleidet. Jetzt weiß ich auch, wer das Fliesenlegen erfunden hat. Die haben echt was drauf, die Portugiesen, mal abgesehen von der Unverschämtheit, daß die blöden Typen von der pseudo-freundlichen Polizeidienststelle uns arme, verlorene Touris nicht einfach mit dem Dienstwagen zum Konsulat gefahren haben. Wie's aussieht, haben die doch den lieben langen Tag eh nix besseres zu tun, als hilflose Wandersburschen und –burschinnen in die Irre zu führen. Naja, fast egal.

An einer Stelle unserer Irrwanderung kann man sogar sehen, wie der Duero in den Atlantik mündet. Mir wird jetzt noch ganz schwindelig im Schädel, wenn ich an diesen Anblick denke. Man kann überhaupt nicht erkennen, in welche Richtung der Fluß nun eigentlich fließt. So etwas sehe ich zum ersten Mal in meinem Leben, obwohl Köln am Rhein liegt, einem Strom, der den Duero an Größe noch um einiges übertrifft, und ich schon so manches mal in Holland gewesen bin, jawohl! Dann ist da noch diese Brücke, eine Brücke, wie wir sie in Köln nicht haben. Sie ist unglaublich hoch. So hoch, daß ich mich, glaube ich, nicht getraut hätte, sie zu überqueren, falls wir sie auf unserem Weg hätten überqueren müssen. Ein wahres Paradies für Bungee-Jumper.

Der neckische Polizeibeamte muß unseren Weg zum Konsulat so angelegt haben, daß wir jede Sehenswürdigkeit von Porto von mindestens zwei Seiten betrachten können. Die Zeit vergeht, Hunger und Durst nehmen zu. Irgendwann halten wir es einfach nicht mehr aus und betreten dreist einen Supermarkt. Großspurig schlendern wir durch die Gänge, beißen hier in einen Schokoriegel, saufen da eine 1,5-Liter-Flasche Orangensaft auf ex, so lange, bis der Hunger gestillt und der Durst gelöscht ist.

Stunden später, jedoch satt, kommen wir endlich am deutschen Konsulat von Porto an.

Ihr könnt Euch vorstellen, daß wir uns darauf freuen, die deutsche Sprache endlich wieder einmal aus dem Mund eines anderen Menschen als dem unseren zu hören, also durchschreiten wir frohgemut das große, schmiedeeiserne Tor (auch dieses Kunsthandwerk ist in Portugal zu einer ungeahnten Blüte gereift). Die deutsche Flagge weht auf dem Dach. Meine Augen füllen sich mal wieder mit Tränen, meine Ohren mit ‚Einigkeit und Recht und Freiheit'. Mama, ich kumm no Huss, denke ich und folge meinen Freunden den breiten Treppenaufgang hinauf zu der großen, dikken Holztüre, die wir sogleich erwartungsschwanger durchschreiten.

Kühle Dämmerung hüllt uns im Inneren des Konsulatsgebäudes ein. Wir stehen in einer großen Vorhalle, an deren einem Ende sich der Empfang befindet, hinter Glas, wie es hier wohl landesüblich zu sein scheint. Jemand ist vor uns dran, ein Deutscher (oh Wunder der deutschen Sprache, ich habe Goethe schon immer geliebt, wenn auch nie gelesen), der sein bekacktes Auto ummelden will oder so. Meine Kumpels machen sich auf der einladend bequem aussehenden Sitzecke breit. Ich krame meine Kulturbeutelutensilien aus dem speckigen Rucksack hervor (ich weiß mal wieder, was sich gehört) und begebe mich zur Toilette, die hier hoffentlich etwas anderes darstellt als ein tiefschwarzes, stinkendes Loch im Boden.

Sie ist tatsächlich anders, normal für deutsche Verhältnisse. Ich fühle mich schon fast wie zu Hause und putze mir erst einmal, friedlich vor mich hin summend, die Zähne (zum ersten Mal seit Tagen mit frischem, fließendem Wasser; sonst hatten wir diese Handlung meist mit Bier oder abgestandenem Brunnenwasser ausgeführt). Dann wasche ich mir Hände, Gesicht, Arme und Achselhöhlen. Als ich mich gerade, nachdem ich noch schnell meinen Bartansatz rasiert habe, meiner Unterwäsche entledigen will, um auch den Allerwertesten und Anhang einer ausgiebigen Reinigung zu unterziehen, wird mir mit einemmal klar, daß ich gar nicht zu Hause bin! Schnell richte ich meine Kleidung einigermaßen wieder her, Wechselklamotten habe ich mittlerweile keine mehr (die schmutzigen Sachen hatte ich ja eh immer direkt weggeschmissen, da ich mir in Amasau de Piera ja neue würde kaufen können), glätte mein fettiges Haar und verstaue es frischbezopft unter dem schweißfeuchten Käppie, rieche noch einmal prüfend an meinen Achselhöhlen und betrete die Vorhalle. Frank und Erol machen große Augen und drängeln sich durch die WC-Tür, meinem guten Beispiel folgend.

Als wir endlich alle frisch gewaschen, gestriegelt und geschniegelt sind (die arme Putzfrau wird wohl heute abend Überstunden einlegen müssen), sind wir auch schon dran.

„Sie wünschen bitte?" spricht die freundliche Empfangsdame uns in tadellosem Deutsch an. Welche Wonne für drei arme, heimatlose Gesellen.

In den folgenden Minuten tischen wir der gepflegt aussehenden Empfangsdame exakt dieselbe Geschichte auf, die schon bei den freundlichen Polizeibeamten nicht den gewünschten Effekt gehabt hatte: Arme Touristenjungs, Reisekasse geklaut, wollen in die Algarve, müssen in die Algarve. Frank kann's einfach nicht lassen und fragt doch tatsächlich, ob sie uns nicht einfach Geld geben könne, denn wir müßten einfach weiterfahren, in die Algarve nämlich, wegen der Verpflichtungen, sie verstehe? Von unserem Umweg erzählt er nichts, von seinem Irrtum erst recht nicht.

„Nein, nein, meine......hehem......Herren. So geht das nicht. Wir vergeben grundsätzlich kein Bargeld", klärt die immer noch freundliche Empfangsdame uns auf. Ech leef Mädche, sie hat bestimmt an meinen Augen abgelesen, daß ich einfach nur noch nach Hause will. Haben ihre Augen nicht sogar die gleiche Farbe wie die meiner Mam?

Franks Hoffnungen schwinden. Erol ist froh darüber, nicht seine Ich-Bin-Ein-Armer-Heimatloser-Waisenknabe-Nummer abziehen zu müssen. Erol ist voreilig.

„Wie sieht das denn mit 'nem Ticket aus? frage ich, siegesgewiß.

„Tjaaa......." erwidert die nette Dame. „Das geht leider, leider auch nicht". Sie schaut mich gleichbleibend freundlich an (ihre Augen haben definitiv nicht die gleiche Farbe wie die meiner Mam).

Ich schlucke – eine meiner Lieblingsbeschäftigungen im Ausland, abgesehen vom Tränen-In-Den-Augen-Haben - und stottere: „Wie, n-na hör'n se m-ma! Wat sulle mer dann jetz maache?"

„Hilfe zur Selbsthilfe!" sagt sie schlicht.

„Wie bitte?" unisono aus drei frisch gewaschenen Mündern.

„Simmer he inner Arbeitslosenselbsthilfegruppe oder wat?" setzt Frank empört hinzu.

„Hilfe zur Selbsthilfe, sagte ich", wiederholt sie langsam. „Wir gewähren ihnen ein Telefongespräch. Sie können sich mit ihrer Familie in Köln in Verbindung setzen und eine Postanweisung schicken lassen."

Erols Hoffnungen sind zunichte gemacht, aber er hat den Text wohl schon im Stillen vorbereitet: „Ich bin ein armes, kleines Waisenheimkind", jammert er. „ich habe keine Familie, die ich anrufen kann."

Frank fügt bei: „Meine Mama hat mir ja schon Geld geschickt, aber nach Amasu de Piera, in die Algarve, verstehen sie?". Er versucht, gewinnend zu lächeln.

Ich ergänze: „Bei mir ess kenner zu Huss!" Schluß und Ende.

„Tut mir außerordentlich leid, meine ....hehem......Herren, ich frage noch mal meinen Kollegen, ob sich etwas machen läßt, aber sie brauchen sich da keinen falschen Hoffnungen hinzugeben."

„Hmpf......", sagt Paul-Schnelle-Entscheidung-Der-Mit-Dem-Großen-Hunger-Gesegnete.

„Hmpf.....aber", sagt Frank-Morgen-Immer-Noch-Dicht-Dran-Am-Durchdrehen.

„Hmpf.....naja", sagt Erol-Wachsamer-Elch-Das-Arme-Waisenkind-Mit-Dem-Adlerblick-Kurz-Darwin-Genannt.

Die schon nicht mehr ganz so nette Empfangsdame verschwindet hinter einer Tür. Es wird gemurmelt, dann taucht sie wieder auf, einen Kerl im Schlepptau, der aussieht, wie der Bürokrat schlechthin, ganz im Gegensatz zur relativen Extravaganz der ehedem freundlichen Empfangsdame.

„Guten Tag, die....hehem......Herren", begrüßt er uns. Ham die hier eigentlich alle 'nen Frosch verschluckt? denke ich.

„Leider ....hehem.......muß ich ihnen mitteilen, daß die Angaben meiner Kollegin völlig korrekt gewesen sind. Sie können, wie gesagt, gerne einen Anruf tätigen. Ich bin mir ganz sicher, daß ihre Lieben daheim ihnen nur zu gerne aushelfen werden. Wir geben ihnen auch gerne genaue Anweisungen für eine ‚Internationale telegraphische Postanweisung', aber darüber hinaus sind uns leider.......", er breitet die Hände Jesus-von-Nazareth-Technisch aus, „leider sind uns die Hände darüber hinaus gebunden." Er sieht aus, als wolle er uns im nächsten Moment an seine beschlipste Bürokratenbrust drücken. Ich verzichte liebend gern.

„Dann jommer halt kläue!" stichelt Frank, entschlossen, den Bürohengst aus der Reserve zu locken. „Dann ham se uns zu Kriminellen gemacht! Wie gefällt ihnen das, hä?" Er sticht mit dem Zeigefinger, unter dessen viel zu langem Fingernagel sich trotz gründlicher Reinigungsversuche immer noch ein tiefschwarzer Rand befindet, in Richtung auf die Bürokratenbrust.

„Aber, aber, meine.....hehem......Herren", beschwichtigt dieser uns unbeirrt schleimig, und ich, Paul-Schnelle-Entscheidung, ein Mann von Ehre und einiger Lebenserfahrung, habe längst beschlossen, meine Mama anzurufen. Die Gelegenheit lasse ich mir bestimmt nicht entgehen. Sie wird mir ganz sicher Geld schicken (notfalls verkauft sie halt den Kühlschrank, so bin ich mir sicher), und dann fahren wir halt doch noch in die Algarve, in Südportugal, versteht sich. Bätsch! Die werden schon sehen, die Südländer, wozu deutsche Freaks so alles fähig sind.

Gesagt, getan, ich rufe also zu Hause an. Schon vorher schlukke ich so an die 20mal, damit meine Kehle frei bleibt. Gleich werde ich die Stimme meiner über alles geliebten Mama hören.

Ein zweiter Bürokrat führt mich in einen anderen Raum, der mit einer Couch (oh selige Bequemlichkeit) und einem Tisch ausgerüstet ist, auf dem ein Telefon steht. Ich wähle die Nummer der Kneipe, in der meine Mam um diese Uhrzeit arbeitet.

Rrring!!!

Rrring!!!

Rrring!!!

„Mülheimer Eck, guten Tag?"

„Mama!!!" Im Hintergrund läuft Musik: ‚Echte Fründe stonn zosamme.....'

„Mam?" schreie ich in den Hörer, die ihn haltende Hand ist schweißnaß.

„Jung?", schreit sie zurück, „Wat ess!"

„Alles klar, Mam, uns jeit et jood! Äver.....", schluck verdammt, „mer han ki Jeld!"

„Wat de nit sääß." Meine Mam ist die Schlichtheit in Person.

„Kanns de uns nit jet schecke?" Ich halte den Atem an, an meiner Backe rinnt etwas Feuchtes hinab.

„Äh......joo.....ens loore. Ich will sin, wat sich maache löß."

Ich bin glücklich. Ich wußte doch, daß Mama mich nicht im Stich lassen würde. Schnell teile ich ihr die Adresse für die ‚Internationale telegraphische Postanweisung' mit: Hauptpostamt Porto, versichere ihr, daß ich sie über alles liebe, ja, sie liebt mich auch und schon legen wir wieder auf. Einige Sekunden überlasse ich mich noch meinem hemmungslosen Heimweh, dann schreite ich, hocherhobenen Hauptes, zu meinen wartenden Freunden in die Empfangshalle zurück. Wenn die mich nicht hätten!

„Alles klar. Geld ist unterwegs!"

„Schön, schön", unterbricht der Bürokrat meinen Triumph. „Das macht dann 200 Escudos".

„Wie bitte?"

„200 Escudos für das Telefonat, mein....hehem......Herr!" wiederholt er.

„Hör'n se mal, guter.....hehem......Mann! Wir haben keinen Pfennig Geld in der Tasche, deswegen sind wir ja wohl hier......Was glauben Sie eigentlich.......!"

Beschwichtigend zieht Erol mich aus der kühlen Empfangshalle des deutschen Konsulats in Porto in die schwere Hitze hinaus. Die überaus freundliche Empfangsdame hat, wie wir wenig später erfahren werden, unser Telefongespräch aus der eigenen Tasche bezahlt.

Frank, Erol und ich natürlich. Ab in die Algarve.....denke ich.

Wir sind wieder einigermaßen gut drauf. Alles ist klar, alles wird wieder gut......aber heute nicht mehr, das ist sicher, denn es ist, wie gesagt, Feiertag. Es muß einfach etwas Kirchliches sein, und das nehmen die Südländer ja immer sehr, sehr genau. Da es zu spät ist, um noch zum Postamt zu gehen (was ja eh zu hätte), latschen wir erst mal wieder eine Weile durch die Gegend, mit Zielort Strand. Vielleicht können wir da eine Mütze Schlaf nachholen (nicht daß Ihr denkt, wir hätten etwa vorgehabt, schwimmen zu gehen). Am Strand angekommen, bin ich der einzige, der sogleich in einen tiefen, traumlosen Schlummer versinkt. Als ich aufwache, habe ich einen schmerzhaft roten Streifen Sonnenbrand auf der Stirn.

Auf dem Weg zu unserem Schlafplatz am Markt kommen wir an einem alten, halb verfallenen Haus vorüber, das uns alle drei gleich stark an die Villa Kunterbunt von Pippi Langstrumpf erinnert (auch wir waren mal jung, d.h. noch jünger). In unserer Phantasie statten wir es mit unseren versammelten Familienmitgliedern aus, die auf der Veranda ein kleines Fest feiern. Pippi ist gerade dabei, eine Probe ihrer Kraft vorzuführen, der Rücken des Kleinen Onkels ist voller Kinder mit den eindeutigen Paul-Kuschewski-Zügen, Herr Nilson balanciert auf dem voll beladenen Tisch über einer dicken Buttercremetorte. Meine Mam sitzt im Schaukelstuhl und führt eine echte Kölner Stange, gefüllt mit echtem Gilden Kölsch, an ihren lachenden Mund.

Die Nacht verbringen wir an unserem alten Schlafplatz. Ich träume davon, wie meine Mama auf der Suche nach Geld durch Mülheim wandert, jeder gibt ihr was........Kölle Alaaf!

13. Juni 1998

Nachdem wir aufgewacht sind, trödeln wir erst mal zum Postamt hinüber......na klar, das Geld ist.......noch nicht da.

Vor dem Amt ist eine kleine Grünanlage. Dort gibt es nette kleine Bänke, von denen wir eine in Beschlag nehmen. Jetzt heißt es erst mal abwarten. Mein Bauch hat überhaupt keine Lust darauf, zu warten. Mit den letzten paar Escudos bestückt (ich weiß auch nicht, woher andauernd die letzten paar 100 Escudos auftauchen), gehe ich zum Postamt, um meinen Bruder anzurufen. Er ist nicht da. Aber seine Freundin Geli ist da und sie teilt mir mit einem ganz leisen Anflug von Triumph in der Stimme mit, daß sie kein Geld haben, das sie mir schicken können und: „Außerdem hast du 'ne Sperre vom Arbeitsamt!" Na super! Klappt ja alles wie am Schnürchen. Wenn mein Bruder schon nichts dazu tun kann, dann kann eh nicht viel kommen. Die Algarve löst sich in meinem Kopf langsam in Nebel auf.

Da ich immer noch daran glaube, daß meine Mam gerade dabei ist, ihren Kühlschrank und diverse andere Haushaltsgegenstände zu verscherbeln, warten wir dennoch.

Wir sitzen auf heißen Kohlen.
9 Uhr 50. Immer noch nichts. Ich bekomme langsam Hunger.
10 Uhr. Immer noch nichts.
10 Uhr 10. Immer noch nichts. Erol bekommt langsam Hunger.
10 Uhr 15. Immer noch nichts.
10 Uhr 20. Immer noch nichts. Frank bekommt langsam Hunger und läßt seinen Gaunerblick schweifen auf der Suche nach 3 Fahrrädern, die gewillt sind, sich von ihm stehlen zu lassen.
10 Uhr 30. Immer noch nichts.

So um die Mittagszeit herum, wir alle haben mittlerweile sehr viel Durst, vom Hunger sei hier gar nicht die Rede, beschließt Frank, uns etwas zu essen zu besorgen. Er kommt mit einer riesigen Tüte Tomaten zurück (immerhin besser als Zwiebeln und Knoblauch). Wir speisen. Lecker, köstlich, schmatz: „Ey, das ist meine Tomate! Gib sie sofort her!" Um uns herum versammeln sich scheinbar sämtliche mittelalten bis scheintoten Einwohner von Porto, um die Tauben zu füttern: gekochter Reis purzelt auf den Boden, Mais, leckeres, relativ schimmelfreies Brot. Wir essen unsere Tomaten, ohne sie groß zu beachten. Wir essen sie mit Stumpf und Stiel. Wir sind stolz auf unsere Unabhängigkeit.

Wir warten weiter. Irgendwann wird es mir zu blöde, andauernd zur Post rüber laufen zu müssen. Die Typen da drinnen müssen mich eh schon für bescheuert halten. Also lassen wir uns auf der Treppe direkt vor dem Postamt nieder. Den Schalterbeamten teile ich mit, daß sie uns doch bitte sehr sofort Bescheid geben sollen, falls etwas für uns ankommt. Ihre Augen sind voll des Mitgefühls, mehr aber auch nicht.

Wir warten den ganzen Nachmittag. Um 5 Uhr erhebe ich mich wieder. Jetzt ist meine Mam wieder in der Kneipe. Ich melde ein R-Gespräch an.

Rrring!!!
Rrring!!!
Rrring!!!
„Mülheimer Eck?" Im Hintergrund läuft Musik. ‚Ich möch zo Foß no Kölle jon'.
„Maam?"
„Jung?"
„Uns jeit et jood. Wo bliev dat Jeld?"
„Jo, Jung", schluck, „ich ......ich han et nit afjescheck!"
„Schluck!"

Na dann, Prost Mahlzeit! Jetzt bin ich aber sauer. Auch Mama hat mich schmählichst im Stich gelassen. Ich kann es kaum fassen. Bei meinen Freunden angekommen, schmeiße ich demonstrativ meinen restlichen Plunder weg, bis auf Tagebuch, Gitarre und Schlafsack. Das ist das Ende.....

„O.k., das war's dann wohl". Frank sieht seine große Stunde gekommen. „Guckt mal, da drüben stehen drei Fahrräder. Die klaue ich jetzt und dann ab......"

„Spinner", sage ich nur und marschiere in Richtung Konsulat los. Erol folgt mir, auch er hat nun endgültig die Nase voll.

„Aber......" ertönt es von hinten, dann hören wir Franks Schlurfschritte, die uns in einigem Abstand folgen.

Vor dem Konsulat ereilt uns der nächste Schocker. „Bis Montag geschlossen!" steht da an der Tür.

Ich lasse mich einfach fallen. Keinen Schritt werde ich mich von der Stelle rühren, da können die machen, was die wollen. Ich will nicht mehr, absolut überhaupt gar nicht mehr. Schluß! Aus! Ende und Basta, Doppelbasta!

Erol und Frank beschließen, nichts desto trotz, sich auf den Weg in die Innenstadt zu machen, um dort ein Pfandhaus aufzutreiben. Frank hat vor, seine alte, speckige Lederjacke zu verpfänden, Erol seine alte, zerkratzte Uhr. Ich kichere innerlich bei dem Gedanken daran, daß diese Freaks an einem echten, südländischen

Wochenende den ganzen Weg in die Stadt latschen, um allen Ernstes ein Pfandhaus aufzutreiben, in dem sie allen Ernstes gedenken, ihren heruntergekommenen Plunder verschachern zu können. Wäre ich nicht so abgefuckt, ich würde in lautes Gelächter ausbrechen. Ich lasse die Jungs ziehen, wohl wissend, daß sie keinen Erfolg haben werden.

Karl D. und ich, wir vergnügen uns während der Abwesenheit meiner Weggefährten miteinander. Nach ca. einer Stunde titscht Frank, überraschend belebt, auf mich zu, Erol im Schlepptau.

„Guck mal, was ich hier habe!" sprudelt er hervor, stolz wie Oskar und hält mir eine dicke Kombizange unter die Nase. Wie überaus sinnvoll, daß ich meine vor nicht allzu langer Zeit weggeschmissen habe.

„Wo hast du die denn her?" frage ich ihn mißtrauisch.

Während Frank mir die Geschichte des Diebstahls in allen möglichen Farben auszumalen beginnt, beobachte ich einen Bauern von gewaltigen Körpermaßen, der mit hinter dem Rücken verschränkten Händen am Eingang des Konsulats vorbeigeht und uns abschätzend mustert. Einmal geht der Mann vorbei. Zweimal...... Frank blubbert in mein Ohr. Dreimal......Frank fängt zum zweitenmal an zu erzählen. Viermal.......Frank wechselt mein Ohr, das andere ist schon ganz zerfleddert. Als der Typ zum fünftenmal vorbei geht, sehe ich einen dicken Knüppel unter dem Pulli des Riesen hervorragen.

„Stop mal!" unterbreche ich Franks Sermon. „Wie sah der Typ aus......." Er beschreibt ihn: groß, riesig breite Schultern, meterdicke Unterarme, und er, der kleine, pfiffige Frank, hat ihn ausgetrickst.

„Sah er so aus, wie der da?" frage ich. Frank glotzt den Bauern an, der soeben zum sechstenmal langsam am Konsulatstor vorbeigeht.

„Ähhh...jooo, kann schon sein", gibt er zu. „Na und? Wir sind zu dritt!"

„Sag mal, hast du eigentlich 'ne Macke?" fragt Erol. „Wenn die mal loslegen, die südländischen Bauern, dann haben wir nix, aber auch gar nix mehr zu lachen. Laß uns hier verschwinden. Aber gaanz schnell!!!"

Und so muß ich wohl oder übel mein Vorhaben aufgeben, bis zum Montag vor dem Konsulat zu kampieren. Glücklicherweise habe ich nicht mehr viel zum Zusammenraffen. Zum zweiten Mal latschen wir, nachdem wir das Gelände auf überaus verstohlene Art und Weise verlassen haben, an den Strand, um dort zu warten, bis es dunkel ist, denn die Dunkelheit ist genau das, was wir brauchen, um ungesehen über den Botschaftszaun klettern zu können. Denn ich für meinen Teil bin mir absolut sicher, daß der portugiesische Bauer am Vordereingang auf uns warten wird. Vendetta usw.

Im Dunkeln also klettern wir über den Zaun der deutschen Botschaft und stolpern in den großen Garten. „Deutscher Grund und Boden!" verkünde ich mit stolzgeschwellter Brust. Ich fühle mich schon wieder um einiges sicherer.

„Boh.....super Palme! teilt Erol uns mit, der ein ausgesprochener Pflanzenliebhaber ist.

Also schlagen wir unser kärgliches Lager unter besagter Palme auf. Ich rolle meinen Schlafsack aus, lege mich darauf, Kopf gegen den rauhen Stamm der Palme gelehnt, Hände über dem eingefallenen Bauch verschränkt, und döse vor mich hin, derweil ich durch die sanft hin und her raschelnden Palmwedeln die zahlreichen Sterne betrachte....Plöpp! Ich schrecke hoch....und noch einmal.....Plöpp!

„He! Was is....!" Erol fährt hoch.....Plumps! Etwas trippelt über meinen hohlen Bauch. Etwas anderes trippelt über meine hohle Backe.....

„Mäuse!!!" quietschend springt Frank auf die Füße, quietschend springt er zur Seite. Die Maus, die das Pech hatte, unter seinen Füßen zu landen, quietscht ebenfalls und gesellt sich, taumelnd aber dennoch geschwind, zum Rest der Sippschaft.

Wieder mal Zeug zusammenraffen......derweil die Mäuse unbeirrt fortfahren, von der Palme herab auf unsere gebeugten Rücken zu plöppen. Ein Mollakkord hallt durch die laue Nachtluft, als das Musik-Genie der Sippe mitten auf Karl D. landet.

„Es regnet Mäuse! Nicht zu fassen!" sage ich.

„Na, immer noch besser als portugiesische Bauern!" Erols Pragmatismus schlägt wieder einmal Funken.

Lange Rede, kurzer Sinn: wir schlagen unser Lager in dieser Nacht doch lieber direkt vor dem Holzportal des Konsulats auf. Die landesüblichen Sitten und Gebräuche überfordern uns schlichtweg.

Es dauert recht lange, bis wir endlich schlafen können. Ich denke voll verhaltenem Groll an meine Mama, die sich daheim am Kühlschrank gütlich tut, ohne überhaupt auf den Gedanken zu kommen, daß ich, Paul-Darbender-Magen, ihr heißgeliebter Sohn, das Schwarze Schaf der Familie, mich hier in Portugal befinde. Allein, mutterseelenallein und völlig kühlschranklos. Sie hätte ja nun wirklich den Kühlschrank (eine Gefrierkombination) verkaufen können. Dann wäre ich halt zu einer meiner Schwestern fressen gegangen, wenn ich erst wieder in good old germany wäre, die haben ja schließlich auch Kühlschränke!

Erol zählt leise Fleder- und andere Mäuse. Frank kuschelt sich an seine Kombizange. Gute Nacht auch.

14. Juni 1998

Wir schaffen es, bis ca. 11 Uhr vormittags, Sonntag vormittags, auszuschlafen und werden vom Quietschen des schmiedeeisernen Tores geweckt, woraufhin wir alle drei gleichzeitig aus dem Schlaf hochfahren, auf das laute ‚Plöpp' der auf uns niederprasselnden

Mäuseschar wartend. Ein schönes, dickes, frisch geputztes Auto passiert langsam und majestätisch die gegossenen Schnörkel (auch dieses Handwerk scheinen die Portugiesen erfunden zu haben).

„Den hat bestimmt irgendeiner angerufen", flüstert Frank mir, aufgeregt auf seinem Hintern herumzappelnd, zu.

„Jo, da hat wer gesehen, wie wir über den Zaun geklettert sind", trägt Erol zur allgemein aufkommenden Panikstimmung bei.

„Na und? Mir doch egal!" Paul-Schnelle-Entscheidung hat ausnehmend gutes Sitzfleisch (wenn davon überhaupt noch etwas übrig geblieben ist) und noch größeren Hunger. „Wie gesagt, ich bewege mich hier keinen Meter weg."

Wir drücken uns etwas tiefer in den Schatten des Botschaftseingangs hinein und harren der Dinge, die da kommen mögen. Aus dem Wagen, ein Mercedes Benz natürlich, wie sich das für einen echten Angehörigen der deutschen Botschaft gehört, steigt ein bebrillter, schmal gebauter Typ, der aussieht wie einer jener armen Wichte, die in der Schule mit Papierschnipseln beschmissen werden. Es scheint eigentlich kaum möglich, daß ein derart mickriger Typ ein derart gigantisches Auto lenken kann. Der mickrige Kerl steigt jedenfalls aus, ohne sich umzuschauen – er sieht uns nicht – und greift über den Fahrersitz hinweg nach seiner ledernen Aktentasche, die auf dem Rücksitz liegt, schließt die Wagentür mit dem satten Mercedes-Benz-Türen-Schließ-Flupp und geht auf die Treppe zu. Wir halten den Atem an. Der Typ geht die Stufen hoch, während er sich auf den dicken Schlüsselbund konzentriert, auf der Suche nach dem richtigen Schlüssel. Bei der 20sten Stufe angekommen, hat er ihn endlich gefunden, streckt den Arm in Richtung Schloß aus und ....stolpert über unsere ausgestreckten Beine.

Im letzten Moment fängt er sich mit der schlüsselbestückten Hand an der dicken Holztür ab, richtet sich zu seiner vollen, mikrigen Größe auf und sagt: „Oh, habe ich euch geweckt?"

Wir sind sprachlos.

„Wie kommt ihr hier rein? Seid ihr über den Zaun geklettert?" fügt er noch bei, als gehöre dies zur Tagesordnung.

„Morgen."

„Morgen."

„Morgen. Ja, tut uns leid, aber das Tor war leider verschlossen, und wir haben echt Hilfe nötig!" beginnt Frank zu erklären.

„Das geht aber wirklich nicht." Zumindest hat der keinen Frosch im Hals, denke ich.

Erol fühlt seine Stunde gekommen: „Ich gehe hier nicht mehr raus!" sagt er. „Ich besetze das Haus!" verschränkt die Arme vor der Brust, schiebt die Unterlippe vor und richtet den Blick ins Nichts. Der Bärentöter baumelt an seiner Hose, die Adlerfeder blinkt in der wandernden Sonne.

„An dir is ene Poet verlore jejange", sage ich anerkennend in seine Richtung und an den Mercedes fahrenden Sozialarbeiter-Typen gerichtet: „Nä, jetz aber ernsthaft! Wir würden uns gerne mit jemand unterhalten, der hier Befugnisse hat."

„Genau!" unterstützt Frank mich. „Wir wollen mit dem Konsul dieser Botschaft reden."

„Gestatten? Kurzhals, Konsul", erwidert der Mann darauf gelassen und schaut uns der Reihe nach tief in die Augen, auch Erol, der seinen Adler-Blick verwirrt aus dem Nichts zurückgeholt und auf ihn gerichtet hat. Es entsteht eine längere Pause, bis wir endlich begriffen haben, daß Kurzhals sein Name und Konsul sein Beruf ist.

Wir fassen uns jedoch erstaunlich schnell und beginnen auf's Neue mit unserem gut einstudierten Sermon, zu Dritt, versteht sich: „Armer Waisenjunge........", „Gaanzes Geld geklaut!", „Hunger......", „Mama kein Geld geschickt.....", „Will Hause geh'n!", „Durst.....". Der Mann begreift und sagt, wiederum ganz gelassen: „Mal sehen, was ich für euch tun kann."

Der Konsul der deutschen Botschaft von Porto geht in sein Konsulat, als wäre nichts geschehen, kommt kurz darauf wieder heraus, als wäre nichts geschehen, und streckt uns drei Zettel entgegen, auf denen wir unsere Namen, Adressen und Telefonnummern notieren sollen.

„Es wird nicht so einfach werden", informiert er uns und überreicht uns ein kleines Bündel portugiesischer Geldscheine. 2000 Escudos!

„Jetzt geht ihr erst mal etwas essen und dann seh'n wir weiter. In ein bis zwei Stunden kommt ihr bitte noch einmal vorbei, bis dahin habe ich einige Anrufe zu erledigen.

Beim Anblick der Geldscheine ist uns der Hunger schlagartig vergangen; jetzt haben wir nur noch Durst. Also lassen wir uns nicht zweimal bitten. Konsul Kurzhals, K.K. auch genannt, erlaubt uns sogar, unseren stinkenden Krempel an Ort und Stelle zu belassen und schon sausen wir los. Alles Leiden der vergangenen Tage liegt weit hinter uns. Auf dem Weg zum Strand stürmen wir den nächstbesten Laden und kaufen erst einmal tüchtig ein: Bier natürlich. Viel Bier, denn Bier ist in Portugal überaus preiswert.

Ihr könnt Euch gar nicht vorstellen, was das für ein Genuß ist! Ganze zwei Tage lang haben wir keinen einzigen Tropfen Alkohol mehr getrunken und jetzt.......Bier......Wow......schlürf, schlürf, schlürf.

Hätten wir nicht gewußt, daß wir dem Konsul Kurzhals, K. K. auch genannt, binnen der nächsten zwei Stunden wieder gegenüber treten mußten, wir hätten uns wahrscheinlich so richtig die Kante gegeben, so aber halten wir uns zurück. Als wir nach zwei Stunden Maßhalten wieder an der Botschaft ankommen, sind wir alle drei immer noch einigermaßen nüchtern, eine Leistung, für die allein wir schon die Tickets in die Algarve verdient hätten, finde ich.

Konsul Kurzhals teilt uns mit, daß er zwar unter den angegebenen Telefonnummern niemanden hat erreichen können, trotzdem aber gewillt sei, uns weiter zu helfen (wahrscheinlicher ist, daß er uns so schnell wie möglich loswerden will). Darüber hinaus versorgt er uns mit Brötchen (woher hat er nur gewußt, daß wir noch nichts gegessen haben?), Wasserflaschen und Zigaretten! Was für ein Mann! Am liebsten würde ich den Rest meines Lebens vor der deutschen Botschaft in Porto verbringen, wo meine Mama mich schon hat auffahren lassen. Ich bin, wieder einmal, zu Tränen gerührt und finde keine Dankesworte (außerdem will ich meine Zeit nicht mit Reden vertrödeln, ich will jetzt endlich damit anfangen, ernsthaft zu saufen!).

„Leider kann ich im Moment nichts für euch tun", sagt er zum Schluß. „Ihr dürft hier bleiben, aber nur noch eine Nacht. Ich helfe euch!"

Irgendwann, nachdem wir lange genug die Fassade gewahrt, uns die Brötchen reingeschmissen und am unsprudeligen, geschmacklosen Wasser ‚gelabt' haben, verschwindet er endlich. Der Startschuß ist gefallen. Wir hechten los, um uns mit Bier einzudecken, mehr Bier als am Strand, versteht sich. Zwar hatten wir im Verlauf des Vormittags sehr wohl überlegt, ob wir nicht mit den soeben erhaltenen 2000 Escudos bis in die Algarve kommen könnten, aber unser Durst überzeugt uns schließlich davon, daß Köln das einzige Reiseziel ist, das es jetzt noch zu erreichen gilt. Kölsch ruft!!!

Im Verlaufe dieses Abends erkunden wir das Botschaftsgelände. Da gibt es einiges zu sehen, wie etwa ein recht wackelig anmutendes Pförtnerhäuschen. Derweil Frank daran sein kleines Geschäft erledigt, in der einen Hand eine Flasche Bier, in der anderen seinen....hehem......erhascht er durch die staubige Glasscheibe den Blick auf ein Telefon.

Wir alle drei, jeder mit einer Flasche Bier in der Hand, verschaffen uns sofort Eintritt zu diesem verheißungsvoll lockenden Erzeugnis der modernen Mediengesellschaft und versuchen, zu telefonieren, was natürlich nicht geht, die sind ja nicht blöde, die Südländer!

Des weiteren erkunden wir eine heruntergekommene Garage, angefüllt mit alten Wasserschläuchen, rostigen Schubkarren und dergleichen mehr. McGyver hätte daraus was machen können, wir nicht. Wir können aber sehr wohl etwas mit den Bierflaschen anfangen, die wir bereits geleert haben: wir dekorieren die Grünanlage damit. Deutsche Jungs wissen absolut, was sich gehört.

Je später der Abend, desto breiter die Gäste. Als es langsam dunkel wird, kommt Frank auf die glorreiche Idee, endlich einmal die Hängematte zu benutzen, die er schon seit Köln mit sich herumschleppt, ohne sie auch nur ein einziges Mal in Gebrauch gehabt zu haben. Da er durchaus gewillt ist, die letzten ihm verbleibenden Urlaubsstunden bis zur bitterer Neige auszukosten, hängt er sie, gut sichtbar für alle, die den Kopf im Vorübergehen zur Seite wenden, mitten im Eingang der deutschen Botschaft von Porto zwischen zwei Betonpfeilern auf. Sieht echt gemütlich aus und da sein Kopf eh schon schwindelt, macht es ihm auch nichts mehr aus, den Rest seiner Bierration freischwebend zu vertilgen. Beim bloßen Zusehen dreht sich mir der Magen um.

Auch Karl D. versüßt an diesem Abend den Alltagstrott der Portoer Bürger. Laut schallt unser tadellos vereinter Gesang durch die Luft:

Meine Spielgefährten nennt man Kriminelle,
wir machen jeden Abend einen los.
Treffpunkt: Stadtpark halbe Neune,
mit Ketten und mit Flaschenbier.
'N paar Krümel Shit in unseren Taschen,
die heile Welt suchen auch wir.
Ein Alter kommt mit Zigaretten:
„He du da, schmeiß mal Feuer her!

Meine Jungs, die woll'n jetzt eine rauchen,
oder bist du dir zu fein dafür?"
Der Alte ruft sofort die Bullen,
drei Einsatzwagen halten an.
An der Wache angekommen,
fragen sie uns dann:

    „Wie heißt du, wo wohnst du, was bist du?
    Was ist dein Vater von Beruf?"
    „Karl D., ich wohne in Baracken.
    Mein Vater lebt nur noch im Suff.
    Die Mutter muß das Geld verdienen.
    Der Strich bringt ihr am meisten ein.
    Mein Bett teil' ich mit fünf Geschwistern.
    Sagt, bin ich nicht ein armes Schwein."

Nun sitzen wir schon wieder hier.
Wir wollen hier weg, wir wollen hier raus.
Doch fällt es uns schwer, die Umwelt drückt uns
ihren Stempel auf.
Die Akten, die uns stets begleiten,
sind unser Menschenbild.
Das Angeleg von Bürokraten,
den weiteren Weg bestimmt.
Und überall die gleichen Fragen,
von Menschen, stereotyper Art.
„Wie heißt du......"

Man weist uns in Erziehungsheime,
dort soll'n wir uns erst mal bessern.
Eingesperrt für lange Zeit,
erzieht man uns zur Sauberkeit.
Ordnungsregeln, Druck und Zwang

versauen uns das Leben.
Einer lernt vom anderen,
wie man am besten knackt, wie man an guten Shit kommt
und Erzieher fertig macht.
Du machst 'nen Bruch und wirst geschnappt.
Du weißt, wohin das führt.
Dein Leben endet nur im Knast,
und was bleibt, wenn du entlassen wirst?
„Wie heißt du......"
Und jetzt auch noch vorbestraft.

So, jetzt gehört Ihr zu den wenigen Eingeweihten auf dieser Erde, die in die geheimen Mysterien des Karl D. hinabtauchen durften. Es gibt schon noch so einiges an Lied-Gut, was ich Euch darbieten könnte, aber Karl D. ist und bleibt mein Liebling, komponiert von jenem Mann, der mir einst meine ersten Griffe auf der Gitarre beigebracht hat. Soweit, sogut. Schluß mit dem Geflenne.

Wir feiern diesen Abend, und den größten Teil dieser Nacht, so, wie es uns gebürt: laut grölend, furzend, rülpsend, hier und da hinpissend. So manche leere Flasche zerschellt klirrend vor dem schmiedeeisernen Portal. Mal schauen, ob Konsul Kurzhals gute Reifen hat. Mal schauen, ob Konsul Kurzhals Humor hat, echten Humor, meine ich. Mal schauen, ob Konsul Kurzhals uns morgen früh immer noch helfen möchte. Aber jetzt erst mal sehen, ob Pink lady immer noch in meinen Träumen herumgeistert......."Guude Naaachdh!"

15. Juni 1998

„Boh, ist das hell hier!" Erol schirmt seine Augen mit einer Hand ab, an der sich einiges an Schnittwunden befindet und schaut in das Gesicht des blöden Bürokraten, der so unverschämt gewesen war, uns armen, mittellosen Jungs Geld für den von ihm angebotenen Anruf abknöpfen zu wollen (wie gut, daß von K.K.'s Geld nichts mehr übrig ist, wer weiß, wer weiß.....).

Ich gebe Franks tief hängendem Allerwertesten durch den Stoff der Hängematte hindurch einen kräftigen Guten-Morgen-Tritt. Er schreckt aus dem Schlaf hoch.......'Was.....was.....?" dreht sich hektisch um und......padauz........purzelt kopfüber heraus. Fluchend landet er auf dem bierpfützenfleckigen Boden, rappelt sich auf und fährt den Schlipsbürokraten an: „Eh, häs du se noch all?" Aus seiner Nase tropft etwas Nasenflüssigkeit, seine Hand langt wie automatisch zum Schritt hinunter, um dort ausgiebig zu kratzen.

Den oberen Teil unseres Körpers hatten wir ja vor zwei Tagen im Konsulats-WC waschen können, aber wir waren zu schüchtern, um uns auch unten herum zu reinigen, abgesehen davon, ist von dieser Säuberungsaktion sowieso nichts mehr zu sehen. Wir sind so dreckig, wie man nur sein kann. Frank, Erol und ich natürlich. Ab no Huss!

Was für ein Glück, daß der Bürokrat viel zu geschockt ist, um auch nur einen Ton herauszubringen. Er hätte eh keine Chance gehabt. Es ist sieben Uhr morgens! Und wir drei sind nicht im entferntesten dazu bereit, auch nur ansatzweise freundlich zu dem Kerl zu sein, der soeben unseren dringend benötigten Schönheitsschlaf unterbrochen hat.

Kaum ist der Bürokrat unter der Hängematte durchgetaucht, erscheint auch schon das restliche Personal der Botschaft: der andere Bürokrat, die nette Empfangsdame, einige Faces, die ich bislang noch nicht gesehen habe, und K.K. Er muß sich wohl gedacht haben: Sicher ist sicher. Wer weiß, was die Jungs alles anstellen! Welch weise Voraussicht! Gut nur, daß er im ersten Moment nur uns sieht und nicht das allgemeine Chaos, das wir aus dem ursprünglich so schönen Konsulatsgelände gemacht haben. Vereint verschwinden die geschniegelten, frisch geduschten Leute im Inneren des Hauses.

Ein Augenzwinkern nur vergeht, schon taucht K.K. wieder auf: „So, Jungs. Ich benötige jetzt noch einige Daten".

„Oh.....", damit hatten wir eigentlich nicht gerechnet.

„Schreibt bitte eure Sozialversicherungsnummern auf diese Zettel sowie eure Arbeitsadressen......" beginnt er und überreicht uns je einen Zettel.

„Bin arbeitslos.....", nuschele ich ihm zu (ich habe keine Ahnung, was eine Sozialversicherungsnummer ist), greife dennoch nach dem Papier.

„Dann notiere doch bitte den Sitz des Arbeitsamtes, das für dich zuständig ist, sowie deine Stammnum.....". Er läßt sich einfach nicht aus der Ruhe bringen, dieser erstaunliche Mercedes-Benz-Fahrer.

„Ich auch arbeitslos....." nuschelt Erol.

„Dann notier' doch bitte auch du...."

„Auch ohne Arbeit....." grinst Frank.

„Jaja, schon gut." Er scheint aufzugeben. „Ich nehme an, ihr seid alle beim gleichen Amt gemeldet?"

Einstimmiges Nicken. Frank popelt unauffällig, jedoch deutlich sichtbar in seinem Riechkolben. Erol läßt einen Leisen fahren, der dennoch unerhört stinkt.

„Sie....", er nickt unbeirrbar in Franks Richtung, „geben uns bitte noch Adresse und kompletten Namen ihrer Frau an...."

„Nix da, ich lebe in Scheidung!" ist Franks knappe Erklärung und Konsul Kurzhals gibt schnaubend auf, schaut uns noch mal kurz an, sammelt die kaum leserlichen Zettel ein, nachdem wir uns endlich einig darüber sind, in welcher Reihenfolge wir den einzigen Schreiberling benutzen dürfen, der uns zu Verfügung steht, und sagt: „Nun gut. Ich möchte euch jetzt bitten, das Gelände zu verlassen. Euer Gepäck dürft ihr hier lassen. Geht ein paar Stunden spazieren. So gegen Mittag könnt ihr eure Tickets für den Bus hier abholen kommen."

Mit diesen letzten Worten entlässt er uns in unseren vorletzten Urlaubstag, auch wenn er wahrscheinlich immer noch glaubt, daß es unser letzter sein wird.

Wir marschieren also davon. Gute Laune macht sich breit, wenn auch klar ist, daß wir noch keinen Nachschub kaufen können, wir sind - mal wieder- völlig blank. Egal, der Tag geht gut an. Wir fallen in einen riesigen Park ein, schlendern seine Wege in alle Himmelsrichtungen ab, erzählen und lachen, bis genug Zeit vergangen ist, daß wir unseren letzten Gang zum Konsulat machen können.

„So, Jungs", begrüßt Konsul Kurzhals uns zum letzten Mal. Er hat uns tatsächlich, oh Wunder der Höflichkeit, in die Empfangshalle gebeten. „Hier sind eure Busfahrkarten. Der Bus geht morgen früh am Busbahnhof in der Innenstadt ab". K.K. überreicht Frank die Tickets sowie einen Zettel, auf dem der Weg zum Busbahnhof und der zur Jugendherberge beschrieben sind. „Und hier habt ihr nochmals Verpflegungsgeld, 15000 Escudos (unsere Augen glänzen; ich muß hart an mich halten, um nicht in lautes Jubelgeträller auszubrechen)..... abzüglich der 2000, die ihr gestern bereits erhalten habt, das macht dann 13000 Escudos. Wenn ihr mir das bitte noch quittieren würdet, ...danke auch. Ist jetzt soweit alles klar, Jungs?"

„Jaja, alles roger!" Franks Stimme droht vor verhaltener Vorfreude umzuschlagen. Erol grinst breit und unverhohlen.

„Das wär's dann also, Jungs. Ich wünsche euch eine gute Heimreise."

„Danke auch, Ka......", räusper, „Herr Konsul".

Wir danken ihm. Unsere ausgestreckten Hände übersieht er geflissentlich, dann verschwindet Konsul Kurzhals, kurz K.K., genannt, für immer aus unserem Leben, indem er das hölzerne Portal hinter unseren verschwitzten Rücken ins Schloß fallen läßt. Während wir zum wirklich allerletzten mal unsere Siebensachen zusammenpacken, taucht noch einmal einer der Bürokraten auf, der Telefon-Freak, und überreicht jedem eine Packung Marlboro.

„Das Telefongespräch hat übrigens meine Kollegin vom Empfang aus eigener Tasche beglichen....." Diese Info stört unser Grinsen nicht im geringsten. „Jetzt geht......(mit Gott, aber geht, ergänze ich seinen Abschiedssatz im Geiste)."

„Geht mit Gott, aber geht!" jubele ich, als die schwere Holztür sich erneut hinter uns schließt.

„Juchhu! 13000 Escudos!" trällert Frank.

„Ich han doosch!" Erol ist wieder mal der Pragmatismus in Person, hält sich nicht mit langen Freudenausbrüchen auf.

Also besorgen wir uns erst mal Alk, logo! Die zwei alklosen Tage haben uns schwer beeindruckt. Und dann geht's ab zur Jugendherberge. Denen werden wir zeigen, daß deutsche Freaks zu feiern verstehen!

Den Weg zum Internationalen Haus der Jugend finden wir schon fast im Schlaf, denn mittlerweile kennen wir uns in Porto schon recht gut aus. Nach einigen Stunden (leicht übertrieben) Fußmarsch, nichts im Vergleich zu jenem legendären 60-Kilometer-Marsch oder gar dem noch sagenumwobeneren 20-Kilometer-Badelatschen-Marsch, erreichen wir das spartanische Hotel und marschieren kurzerhand auf geradem Weg zur ‚Rezeption'.

„Helllooe....." Die Flaschen, die wir als Wegzehrung und Proviant für die kommende Nacht mitgenommen hatten, haben bereits ihre Wirkung getan, wir sind mal wieder breit wie 1000 Mann.

„Hello!" begrüßt uns der hiesige Herbergsvater.

„We haabe reservatione...." verkündet Erol.

„Yes, ja...." nickt Frank. „For three mens." Er deutet einen eierigen Kreis an, uns drei einschließend.

„Give us the keys?" fragt Erol und hält ihm die Hand hin, schaut auf sie herab – sie ist gelblich braun eingefärbt – und blick dem armen Herbergsvater dümmlich grinsend ins Gesicht, der sich kurz herumdreht, um sich zu vergewissern, mit wem Erol da redet.

„6000 Escudos", erwidert der Herbergsvater und streckt nun ebenfalls die blitzblanke, frisch maniküre Hand aus, um die heißersehnten Scheinchen in Empfang zu nehmen. Er versucht, Erols Blick zu fixieren.

Unser Glück zerrinnt. Im Geiste wäge ich die Ausgabe von 6000 Escudos zum Zwecke des Schlafens gegen die Ausgabe von 6000 Escudos zum Zwecke des Saufens ab...."Gut, Jungs. Loß mer jon!", drehe mich auf dem Absatz einmal um die eigene Achse und verlasse auf wackeligen Beinen die Herberge. Hinter mir ertönt ein disharmonischer Klang, unterbrochen von einem lauten „Aiii!" Der arme Herbergsvater muß wohl Bekanntschaft mit Karl D. gemacht haben, den ich über meiner Schulter trage. Rache ist süß, denke ich nur, und freue mich schon auf eine weitere Nacht irgendwo mitten im Leben.

Nach dieser unerwarteten Abfuhr latschen wir den ganzen Weg zurück in die Stadt. Was für ein Glück, denn als wir am Busbahnhof ankommen, den wir als Logierplatz für diese unsere letzte Nacht in Portugal auserkoren haben, ist das Bier schon wieder alle. Nie und nimmer hätte das für die ganze Nacht gereicht. Schicksal! Wie nett, wie nett.

Der Busbahnhof von Porto befindet sich, was Wunder, an einer - Grünanlage – und wieder einmal wundere ich mich darüber, wie viele grüne Grünanlagen es hier im Süden gibt, wo doch der Rest der Vegetation eher dürr und braun ist -, in deren Mitte ein wunderschöner, wasserreicher Brunnen vor sich hin plätschert. Um den Brunnen herum stehen gemütliche Parkbänke, auf denen kurz nach unserer Ankunft bereits niemand mehr sitzt, abgesehen von uns selbstverständlich. Irgendetwas haben die wohl gegen Ausländer. Jedenfalls machen Erol und ich uns auf den Weg, Proviant zu besorgen. Frank bleibt mit dem Gepäck zurück.

Während Erol-Wachsamer-Elch-Der-Zu-Breit-Ist-Um-Wachsam-Zu-Sein und Paul-Schnelle-Entscheidung-Im-Zweifelsfalle-Für-Das-Leibliche-Wohl dabei sind, ein nahes Einkaufszentrum unsicher zu machen (Paul findet Portugal-Sticker, von denen er einen für Frank mitnimmt, für Erol nicht, der hat ja kein Käppie), erlebt Frank ein waschechtes Abenteuer.

Bei unserer Rückkehr bemerken wir um den Brunnen herum mehrere Wasserlachen von beträchtlichen Ausmaßen. Ich schaue kurz in den Himmel, um mich zu vergewissern, daß es nicht etwa geregnet hat.

Frank titscht in bester Boxerhaltung um den Brunnen herum: „Kumm doch! Kumm doch!" brüllt er, an niemanden im Besonderen gerichtet.

„Wat häs de jetz schon widder jemaat?" schimpfe ich los.

„Du wirs nich glauben, was mir grad passiert is! Um ein Haar wär' deine beschissene Gitarre.....keuch.....weg gewesen......japs!" stößt Frank schwer atmend hervor und hüpft herum, indessen er mit den Armen in der heißen Luft herumfuchtelt, als spiele er Hampelmann.

„Beruhich dich ez ens! , rufe ich ihm zu und laufe hinter ihm her, um ihn einzufangen.

„Du bes!" Erol will auch spielen. „Wo ess dann Freio?"

Schließlich schaffe ich es, meine Hände auf seinen Schultern liegen zu bekommen und drücke ihn mit all meiner 90-Kilo-Typen-Kraft, die inzwischen zu eher 75-Kilo-Typen-Kraft zusammengeschmolzen ist, nieder. Jetzt weiß ich, wie es sein muß, einen Preßlufthammer in den Händen zu halten.

„Wa-at e-ess, Ju-u-un-g-g!" versuche ich zu sagen.

Für die nun folgende Schilderung der Ereignisse muß ich all meine Konzentration aufbringen. Wie Ihr sicher schon vermutet habt, verfügt Frank über die einzigartige Fähigkeit, beim Sprechen eine derartige Geschwindigkeit vorzulegen – besonders, wenn er aufgeregt ist – daß man ihm kaum folgen kann. Also.....

„Kaum-seid-ihr-weggewesen-da-kommen-mindestens-sechs-bis-siebzehn-typen-an-und-fangen-an-an-unseren-sachen-rumzutatschen-am-rucksack-den-schlafsäcken-der-gitarre-und-so-immer-in-kleinen-grüppchen-da-hab-ich-mir-den-dicksten-geschnappt-und-ihn-in-den-brunnen-geschmissen-boh-ey-ich-kann-euch-sagen-die-sind-alle-abgehauen-du-kannst-froh-sein-daß-deine-klampfe-überhaupt-noch-lebt-mann-paul-ey!"

Nach einigen Neustarts und nachdem Erol dem zappelnden Frank erst mal die Hälfte einer Bierflasche eingeflößt hat, wobei wiederum die Hälfte leider auf seinem stinkenden T-Shirt landet, können wir ihn schließlich verstehen.

„Unglaublich", stelle ich fest.

„Die spinnen, die Portugiesen, und klauen tun die wohl doch! Waren die eigentlich schwul?" intoniert Erol.

„Danke, Freund", sage ich und nehme die linke Hand von seiner Schulter. Frank zuckt jetzt nur noch etwas mit den Knien und Achselhöhlen, und Füßen, und Ellenbogen, und Augenbrauen. Seine Ohren wackeln. Aber sonst ist er die Ruhe in Person.

„Jojo, keine Ursache." Jetzt schaut er mich endlich an, erkennt mich. Ich bin Paul, sein Freund Paul. Seine Schultern sacken nach vorne, die Knie knicken ein, Kinnlade nach unten, Sabbertropfen glitzern an seiner Unterlippe, ich spüre seinen Herzschlag in der rechten Schulter, die ich sicherheitshalber noch nicht losgelassen habe.

„Setz dich, Frank. Wir können später spielen". Erol führt Frank zu einer der Bänke, öffnet ein neues Bier und schiebt es ihm in die zitternde Hand.

Auf diesen Schrecken muß ich erst mal alleine sein, beschließe ich: „Ich muß jetzt mal alleine sein....", sage ich. Dieser Schreck ist mir nämlich nicht, wie man so sagt, in die Glieder gefahren, nein, nein, dieser Schreck ist mir geradewegs in den Bauch gefahren. „Ich han Hunger!" Meine Freunde auf der Bank zurücklassend, mitsamt unserem Proviant für die Nacht (auch zu Essen haben wir eingekauft, ein wenig, man höre und staune), begebe ich mich auf schnellstem Wege irgendwohin, wo man etwas Warmes zu essen bekommen kann. Das ist es, was ich jetzt brauche, sonst nichts. Und wo ich schon mal dabei bin, so sinnlose Dinge zu tun, wie etwas Warmes zu essen, schreibe ich auch gleich ein paar hundert Ansichtskarten. Jetzt, wo wir Geld haben, wo wir am letzten Tag unserer 13-tägigen Urlaubsreise angekommen sind, kann ich es mir ja wohl leisten.

Als ich, gesättigt an Geist und Körper, zu meinen Freunden und Trinkgefährten zurückkomme, sitzt Erol auf einer Einzelbank, weit weg von Frank.

„Wat ess dann met demm?", frage ich Frank.

„Der is sauer", eröffnet er mir.

„Das seh' ich auch. Wieso denn?"

„Du bes et schuld!" Frank piekst mit seinem spitzknochigen Zeigefinger in meinen empfindlichen, prallgefüllten Wanst.

„Ich? Worüm dat dann?....Aua!"

Frank zuckt nur mit den Achseln, den Knien, den Füßen, den Ellenbogen, den Augenbrauen und so weiter und so weiter (er braucht immer ausnehmend lange, um sich von einem Adrenalinstoß zu erholen). Ich schlendere also freundschaftlich unauffällig zu Erol hinüber und lasse mich neben ihm auf die Bank fallen. Mein Bauch ist schwer.

„Wat ess loß, Jung?", frage ich ihn, unauffällig freundschaftlich.

Er dreht sich demonstrativ zur Seite.

„Wat ess, Jung?" noch ein Versuch.

Abrupt wendet er sich mir zu, seine Nase direkt vor meiner.......

„Du und deine saublöden Sprüche!"

So wichtig muß das mit den Sprüchen wohl dann doch nicht gewesen sein, denn es dauert nicht allzu lange und wir haben uns schon wieder ausgequatscht, versöhnt und so. Jetzt ist alles wieder gut (bis heute weiß ich nicht, warum er eigentlich eingeschnappt war). Nach einem für eine Versöhnung angemessenen Zeitraum kommt Frank zu uns rüber geschlendert.

„Das ist eindeutig der bessere Platz", verkündet er unauffällig freundschaftlich und los geht's.

Wir haben unsere letzte Nacht in der Fremde gefeiert, als wäre es die letzte überhaupt, und, nur am Rande, selbstverständlich so ziemlich alles Geld ausgegeben, das Konsul Kurzhals uns gegeben hatte. Bald wären wir ja eh wieder in Köln, und ich schwöre Euch, meine treulose Mama würde dafür bluten, daß sie uns (mich) so kläglich im Stich gelassen hatte. Gnade ihrem Kühlschrank!

An diesem letzten Abend sehen wir viele Leute kopfschüttelnd in einem großen Sicherheitsabstand an uns vorübergehen. Niemand wagt es, sich auf einer der netten Parkbänke niederzulassen.

Im Laufe der Nacht entsteht um uns herum ein dichter Teppich aus Papierschnipseln (von den Etiketten der Bierflaschen), Pistazienschalen und leeren Flaschen. Karl D. und ich verstehen uns sehr gut, aber er will heute nur bekannte Sachen spielen: BAP, Westernhagen....so laut und so lange, bis ganz Porto davon informiert ist, aus welchem Land wir stammen.

Zu später Stunde kommt ein frischer Wind auf, und wir beschließen, unseren ursprünglichen Lagerplatz am Brunnen zugunsten einer etwas geschützteren Stelle auf der Treppe eines nahestehenden Hochhauses zu verlassen. Hier ist auch die Bushaltestelle.

In dem Haus wohnen sehr viele Menschen und sie scheinen alle entweder mitten in der Nacht nach Hause zu kommen oder mitten in der Nacht das Haus verlassen zu müssen. Es ist eine ziemlich unruhige Nacht und morgens werde ich einige blaue Flecken vorzuweisen haben (die Eingangstür hat sich so manches mal in meine Weichteile gebohrt). Trotzdem schlafe ich in dieser Nacht ausnehmend gut. Kölle, mir kumme!!!

16. Juni 1998

Im Morgengrauen fängt Frank wieder das Saufen an. Erol und ich nicht, zumindest nicht in dem Maße wie Frank. Man muß es ja nicht übertreiben, und außerdem sind wir ja, im Gegensatz zu Frank, durchaus glücklich darüber, die stundenlangen Gewaltmärsche nun endlich hinter uns lassen zu können.

Bevor der Bus so gegen neun Uhr angezockelt kommt, hat Frank bereits ganze 3 Liter Alk in sich hineingekippt. O.k., Erol und ich auch ein wenig, aber echt nicht viel. Als Erol und Frank gerade ihr Gepäck im Bauch des Busses verstauen, kommt ein Typ aus dem Hochhaus, der Hausmeister wahrscheinlich, und spricht mich an: „Müllo! Müllo weggo! Nixisch guto!", er deutet mit der Rechten auf den Müllberg im Eingang des Hauses.

„Wat ess? Ich setz noch einen drauf!" erwidere ich, weltgewandt wie üblich und katapultiere meinen Schlafsack mitten in unser bierseliges Stilleben hinein. Die können mich doch alle mal kreuzweise, die Südländer, ob schwul oder nicht. Ein echter Mann hat eh nur seine Gitarre und einen Plastikbeutel voller Bier dabei, ist doch sonnenklar.

Im Bus geht's dann weiter. Der hintere Teil ist für Raucher vorgesehen, natürlich belegen wir ihn. Frank und ich quetschen uns auf einen Doppelsitz, Erol breitet sich alleine neben uns auf einem aus, wie üblich. Indianer sind freiheitsliebende Querulanten.

Als der Bus endlich abfährt, kommen mir erste Zweifel an meiner Entscheidung. Was soll ich eigentlich in Köln? frage ich mich, aber es ist bereits zu spät. Schon düsen wir los. Frank säuft die Flaschen schnell hintereinander weg, er scheint melancholisch zu sein.

Bier treibt. Wir alle müssen recht häufig auf das Klo, das businterne Klo, dessen Schlüssel vorne beim Fahrer deponiert ist. Jedes Mal, wenn einer von uns mal muß, müssen wir durch den gesamten Bus tapsen, wobei so ziemlich jeder der Insassen angerempelt wird - denn so ein Bus hat ja ein völlig anderes Fahrverhalten als ein Zug -, um den Schlüssel zu holen. Irgendwann ist Frank die ganze Stolperei zu blöde, er läßt den Schlüssel kurzerhand auf der WC-Tür stecken.

„Hey, boy! Bring the key back, boy!" beschwert sich ein dunkelhäutiger Mann.

Erol teilt ihm in aller Seelenruhe mit: „Sei ruhig, sonst schlag' ich dir die Farbe aus dem Gesicht". Seine linke Augenbraue ist bis zum Haaransatz hochgezogen, zwei weitere Adlerfedern haben sich zu der bereits vorhandenen gesellt, der Bärentöter glitzert in der rechten Hand.....baumelt da nicht eine Axt am Kleiderhaken neben ihm? (Haltet uns jetzt bitte nicht für rassistisch oder so was, wir waren lediglich nicht zum Scherzen aufgelegt an diesem Morgen).

Jedenfalls versteht der Mann, was gemeint ist, und setzt sich still wieder hin. Wir werden nicht noch einmal belästigt und dürfen den Schlüssel hängen lassen. Niemand kommt in unsere Nähe und auch nicht mehr in die des Wc's, das schon nach kurzer Zeit bis zu den Knien mit Pisse angefüllt ist.

Während der Fahrt läuft entweder Musik oder ein Video, ansonsten betrachten wir, wenn wir gerade mal Rede- und/oder Trinkpausen einlegen, die vorüberziehende Landschaft. Zum ersten Mal in meinem Leben sehe ich ein Storchennest inklusive Jungzeugs. Wie süß!

Die Räder schlucken Kilometer.

Abends, schon wieder in Spanien, müssen wir den Bus wechseln, was uns, oh Wunder, ohne größere Zwischenfälle gelingt. Der Rückweg entpuppt sich als erheblich leichter zu bewältigen als der Hinweg.

Diesen Bus werden wir jetzt bis Köln behalten......schluck......jetzt ist es amtlich, kein Zurück mehr. Unsere Mission ist gescheitert! Keine Algarve, kein Wein, Weib und Gesang (man stelle sich vor, ich habe nicht ein einziges Mal ernsthaft geflirtet, einfach unerhört!), kein Judas, kein 11%iges, keine Brunnen, keine Grünanlagen, keine Sonne, kein Meer (darauf kann ich eigentlich eh ganz gut verzichten, aber wenn's schön macht), kein Urlaub, Köln, tja. Köln. Mäuerchen. Regen, wahrscheinlich.....Gilden Kölsch! Ab no Huss.

Im Verlauf dieser Nacht, die Sitze sind unglaublich eng, Frank ist unglaublich breit und unglaublich zutraulich, schlafe ich dennoch irgendwie ein.

17. Juni 1998

Ich werde mit dem Wissen wach, daß wir wieder in Paris sind. Pink lady? Pink lady? Mir läuft jetzt noch das Wasser im Mund zusammen, wenn ich an diesen Schuß denke. Natürlich taucht sie nicht auf, wahrscheinlich hat sie unsere Ankunft schon aus Funk und Fernsehen erfahren und ist in den Untergrund gegangen. Schade, schade.....Adé Paris, adé Pink lady.

Langsam zockelt der Bus durch Belgien, das sechste Land, das wir auf unserer Reise inspizieren. Leider haben wir kein Geld mehr, um das belgische Bier anzutesten, aber immer noch genügend Vorrat an portugiesischem Alk, der uns auch dieses Land schön macht, das schon beängstigend deutsch anmutet.

Wenig später ist es dann soweit. Mit einigermaßen klarem Kopf, unsere Vorräte waren zu guter Letzt dann doch zur Neige gegangen, trudeln wir in Köln ein: Breslauer Platz, Busbahnhof, Kölner Dom, alles ist genau so, wie wir es verlassen haben. Kein Empfangskomitee, keine Sonne (war ja eh klar. Warum wollte ich eigentlich nicht in die Algarve?). Eine Weile bleiben wir unschlüssig am Busbahnhof stehen, dann rappeln wir uns stillschweigend (echte Freunde machen nicht viele Worte, vor allem nicht, wenn sie dabei sind, stocknüchtern zu werden) auf und trotten mit hängenden Ohren zur U-Bahn.

Linie 5 zum Ebertplatz. Wir warten auf die 15 oder 16, die uns in die Heimat bringen wird, nach Köln Mülheim, Wiener Platz.

Ich betrachte die Gleise und sehe plötzlich, mir gegenüber, an der Haltestelle Richtung Bahnhof, einen recht großen Typen mit im Nacken zusammengebundenen Haaren stehen. Ich sehe eine Adlerfeder im Neonlicht schimmern. Der Typ grinst mich breit (in jeder Hinsicht) und schief an, kramt umständlich seinen Lümmel aus der Hose und schifft, vor versammeltem Publikum, quer über die Schienen. Lang, lang ist's her. Das war Erol, am Anfang unserer Reise, als meine Füße noch nicht einmal die Ahnung einer Ahnung davon hatten, was auf sie zukommen würde, als das Werkzeug noch sicher verstaut inmitten meiner Unterhosen, Socken und Ersatzgarnituren lag, der Gitarrenkoffer noch leicht war, das Zelt am Rucksack baumelte, die Jeans noch lang waren und die Taschen mehr oder weniger voller Geld und Briefchen (Nasenpulver, Ihr versteht?)

Ich beschaue mir meine Freunde. Sie sehen müde aus. Erol hat sich schon lange nicht mehr die Mühe gemacht, seinen desolaten Kopf in Ordnung zu bringen. Aus Franks Glatze ragen die ersten blassen Stoppeln hervor, sie ist nicht schweißbenetzt, dafür ist es in Köln zu kalt!

„Dat wor et", sage ich.

„Dat wor et", sagt Erol.

„Dat wor et", sagt Frank.

Aus seinen Augen glitzert mir die Gewißheit entgegen, daß er uns wieder herumkriegen wird, Erol und mich natürlich, mit ihm in die Algarve zu fahren. Jetzt wissen wir ja immerhin, wo wir hin müssen. Man könnte diese unsere Reise sozusagen als Erkundungsausflug betrachten, wie es sich für echte Scouts gehört. Das nächste Mal nehmen wir dann noch ein paar Maultiere für das Gepäck mit und lassen Unterhosen sowie Werkzeug zu Hause.

Am Wiener Platz angekommen, trennen sich unsere Wege.....unwiderruflich sind wir zu Hause angekommen.

Der nächste Sommer kommt bestimmt, und das Haus von Franks Mutter ist immer noch nicht renoviert.

Frank, Erol und ich natürlich. Ab in die Algarve.....schnief.

Lieber'n wackeligen Kneipentisch als'n festen
Arbeitsplatz. (F.H.)

                     Mir fällt schon lange nichts mehr ein - wie
                                      immer. (Ralfonso)
Er sieht mich!
Er sieht mich nicht! (Nessy)

                           Haste mal n'Euro. (erfolgreicher Punker)
Das kratzt mich nicht. (Floh)

                           Wozu brauch ich Faltencreme. (I.Meysel)

Ein Haus,
ein Häuschen,
wer wird sich von 'nem Haus aufhalten lassen.
(Godzilla)

                                    Ich düse ab.(Spray D.)
Kannste meinen Koffer tragen.
             (A. Schwarzenegger)

                           Können Sie mir was zu essen machen
                                         (Dr. Oetker)
In's Tierheim, aber warum denn? (Lassy)

                           Ich? Wieso denn ich, Herr
                           Wachtmeister?. (Kain)
Kann ich mal den
Schlüssel haben? (Häftling Nr. 133)

                           Der Letzte macht die
                         Tür zu! (Käpten der Titanic)

WG: Frank, Ralf, Paul in Köln-Mülheim